弓島咖啡事件簿2 —— 警部失蹤

# Bittersweet Waltz

小路幸也

裝幀／bookwall
封面繪圖／Emma Sky

## 〈弓島大與咖啡廳系列〉前情提要

弓島大（人稱阿大），於東京北千住經營〈弓島咖啡〉。咖啡廳的位置，就在坐擁大洋房與日式建築的自家住宅，這裡也曾經是阿大於一九八〇年代前期的大學時代，與大野淳平等四名樂團成員一起住的家。

畢業後，大家各奔東西，父母親也不住在這裡了。阿大曾一度到廣告代理公司上班，但當時發生了他的同事兼女友——吉村夏乃，因吸食過量非法藥物而死亡的事件。阿大因為捲入事件而離開公司，將家裡重新裝潢一番後，搖身一變成為咖啡廳的老闆。在店裡，也由前職業女摔角手，丹下太太操管吧台內的大小事。

一九九一年，阿大接受了附近小學生，芳野美依奈的請託，幫忙找她上國中的姊姊——芳野步美。幫忙一起找的人都是店裡的常客，包括兩個高中生純也和香世，還有町內的犯罪防治安全委員會會長，同時也經營撞球場的莂田先生。另外，還有一位常客，是現在就住在阿大家裡的三栖刑警。在夏乃的事件爆發時，阿大嫌疑重大，但一切都在三栖的努力奔走之下，調查到將非法藥物給夏乃的，其實是一個叫做橋爪的人。

女國中生失蹤事件解決之後，過了九年……。

# 一

二〇〇〇年四月。

一片、兩片、三片，櫻花花瓣輕輕飄落在桌子上。我停下擦桌子的動作，同時不由自主地露出微笑。

院子裡這株晚開的櫻花樹，也終於開了七、八成了。根據氣象預報，接下來幾天都會是晴朗的好天氣，所以今年到店裡來的客人也能夠一飽眼福，到時候院子裡也會鋪上一片櫻花地毯吧。這株櫻花樹上，有許多櫻花都開得非常漂亮，從遠處看起來，就是一大片飽和的櫻花色。

位於附近的千住元町小學，那裡的孩子，特別是女孩子經常在放學回家前，會先繞過來院子裡看看櫻花，撿花瓣玩。雖然不知道她們究竟是都把花瓣拿去做什麼，但有很多人都會來問花瓣能不能帶回去。

將家裡改裝成咖啡廳之前，我倒是沒那麼留意過這株櫻花樹。不過，一旦它成了〈咖啡廳院子裡的櫻花樹〉，就更讓人意識到它姿態的風情萬種。

枝幹長得非常漂亮。

樹幹就在院子的正中央，樹枝向四面八方伸展開來，有如一把大傘。因此，若是從擺放在樹枝下的座位往上看，就能透過櫻花看到天空，一些年長的客人對它的評價可是非常之好。甚至有一些老人家，還會說如此美景是這時期才有的奢侈享受，因而一天來上好幾回呢。

而擺在這裡的座位，也只有這個時期才會換成躺椅，因此才能在這裡悠閒地仰望天空。不過有時候，有些老人家就會在這打起盹來，其實令我有些傷腦筋。

當我手拿著要收回去的杯子，準備回到店裡，一個轉身，發現黑助已經在我腳邊坐得好好的，還抬頭看著我。

「幹嘛？」

牠喵地叫了一聲。對喔，都已經三點了呢。看來是在催我該給牠點心吃了。

「去跟媽媽要。」

當我踩出步伐，黑助也腳步輕盈地跟在我後頭。途中牠可能等不及了，就這麼先走進店裡，牠輕巧地踩著高腳椅，跳上了吧台。丹下太太把黑助撿回來已經一年了，但每每看到牠如此輕盈的動作，還是不由得心生佩服。究竟是為什麼可以如此輕巧柔軟呢？

「壞孩子！」

一邊洗碗盤的丹下太太，用完全不兇的聲音喊牠，而且還帶著笑容。

「怎麼可以爬上吧台來呢！」

口氣一點也不可怕。所以，黑助也只是喵地一聲，走到丹下太太面前乖乖坐好。「真拿你沒辦法耶。」笑容滿面的丹下太太放下手邊的碗盤，雙手輕輕地在圍裙上擦了擦，從放在後面櫃子上的罐子裡拿出小魚乾，放在黑助的面前。

養貓，這還是第一次。

之前養的狗——黑助，在兩年前死了，當時牠十二歲。很乖又喜歡小孩子的黑助，就像是這家店的活招牌，遠比我這老闆還會招攬客人。客人聽聞黑助去世的消息，都會對著黑助放在吧台角落的照片，雙手合十。

正當我才和常客聊著：「黑助一走，突然變得好冷清喔。」，丹下太太就剛好在附近的公園裡，發現被放在紙箱裡遺棄的這隻黑助。就像牠的名字一樣，牠是一隻連腳底都是黑色的黑貓。雖然貓和狗還是不太一樣，但牠和小狗黑助的毛色非常像，而且還同樣都是公的。

我和丹下太太兩人都說這也太巧了，於是便決定讓牠成為第二代的黑助，養在店裡。

牠是一隻很聰明的貓。明明也沒教過牠，但只要有客人在，牠就絕對不會在店裡閒晃，或是跳到吧台上去。總是窩在一旁牠專用的椅子上睡覺，又或是趴在常客的膝蓋上撒嬌。如果是愛貓的客人叫牠，牠也會走過去展現親和力，相當討人喜愛。

牠的樣子真的和小狗黑助一模一樣。包括丹下太太和很多常客都說：「牠一定是黑助轉世而來的。」

「妳太寵黑助了啦。」

我笑著對丹下太太說完之後，她很誇張地張大眼睛，笑到身體都在搖。黑助聽到她的笑聲，抬頭瞧了瞧。

「到了這把年紀，對什麼都嘛很寵、很仁慈的。」

「但是對我或三栖先生卻很嚴厲。」

「你們啊……」她笑著說：

「明明都是大男人了，都幾歲了還這麼沒用不可靠，我當然要好好督促你們啊。」

「這麼聽起來，還真是慚愧。」

春天又來了，我們兩個也上了年紀。

前陣子我才被丹下太太罵：「你明年都要四十歲了耶！這個年紀早該娶老婆，就算有三個小孩都不稀奇了，你卻還單身漢一個。」

以丹下太太的觀念，男人就是要成了家之後，才能獨當一面。所以住在父母親留下來的房子，而且還單身，根本只能算是獨當半面而已。「因為這樣，我都不能退休了！」她每天都這樣叨唸著。她還說，雖然三栖先生不是沒結婚，而是離過一次婚，但那也算是個沒用的傢伙。

我拿出一個較厚的矮玻璃杯，裝了水，將剛剛飄落的三片櫻花瓣放進杯裡，花瓣浮在水面。那模樣美得就像是畫出來的〈櫻花花瓣〉。丹下太太納悶我在做什麼，看了之後也笑咪咪地點了點頭。

「今年也開得很漂亮呢。」

「是啊。」

丹下太太把手靠在吧台上，往院子裡看。那棵櫻花樹是在這棟房子蓋好後才種的，所以應該也超過五十歲了。

「真不知道還剩幾年，我可以像這樣在吧台裡，看著櫻花盛開呢。」

「幹嘛說這麼傷感的話啊！妳還這麼健康耶。」

若是說到過去職業女子摔角手，〈Killer the 怒子〉這個稱號，在摔角迷之間可是無人不知、無人不曉，如今雖然已經退休二十多個年頭，但仍保有健壯的體格。她今年都六十七歲了，但我還是不曾在比腕力時贏過她。

「其實我也是這麼想的啦。」

她小小嘆了口氣。

「但是，比我年紀小，而且還比一般人來得健壯的苅田老爺，都發生那種事了。所以我也會開始想很多嘛。」

「啊，這個嘛……」

我也只能說，生病這種事情是沒辦法控制的。

店裡的常客之一，是在站前路上開撞球場的苅田先生，他因為胃癌住院，大約一個星期前才開完刀。

幸好，似乎還是初期，說是只要癌細胞沒有轉移，就不用擔心。不過，看到病房內苅田先生憔悴消瘦的模樣，不僅我很驚訝，幾乎和他同年的丹下太太更是備受打擊。

我從小就認識苅田先生和丹下太太。他們一直很疼我，儘管我現在都快要四十歲了，他們還是對我百般照顧。以現今社會來說，一般這個年紀的男人，對於很照顧自己的人，都是如何回以報答的呢？我最近在想，應該要開始認真思考這件事情了。

「話說回來，結果昨天三栖老爺是不是沒有回來呀？」

「是啊。」

「明明都熬出頭了，怎麼還是這麼忙啊？」

「因為他就是很喜歡到現場辦案啊。」

自從三栖先生搬到位於隔壁，我父母親留下來的日式建築，也將近十年了。雖然我住在這間店的二樓，但兩個單身、又這把年紀的男人長年住在一起，就像苅田先生說的：「你們兩個該不會在一起了吧？」，〈三栖跟阿大都因為女人吃盡苦頭，最後變成gay了〉的傳言不脛而走。當然，事實並非如此。

我也不知道我們之間是怎樣的緣分，剛好都碰上有關女人的問題，在彼此最難熬的時候，碰巧我們一起堅持過來。有個無須多言，就能彼此了解、契合的人在身邊，說實在是滿輕鬆的。彼此之間的相處，也不需要有所顧慮。

「又一個沒用的來了。」

我正想著是誰來了，轉過頭去，發現純也正從院子走進來。

「謝謝惠顧！」

「還謝謝惠顧咧！你到底在游手好閒什麼啊！」

跳上高腳椅上坐好的純也露出笑容。

黑助不知道是什麼時候從吧台跳下，又或是從地板跳到純也膝蓋上的，但純也沒有顯得驚訝，只是抱著牠。

「丹下太太，妳也該了解一下我的工作了吧。我現在是自由業！自由遊戲腳本家！所以我是在家裡工作的。你說對不對呀？黑助。」

「遊戲算什麼工作啊！」

「好啦，好啦，我要大份的番茄肉醬義大利麵和美式咖啡。」

「真是的，竟然在這種非正餐時間吃大份的麵。」丹下太太一邊碎碎唸，從熬湯鍋舀起兩人份的番茄肉醬到雪平鍋裡，打開爐火。

純也已經不知道被問，又解釋過多少次了，但是丹下太太似乎就是認為，遊戲只是電腦裡拿來玩的東西，製作遊戲根本稱不上是工作。

「對了，阿大哥！你昨天看了嗎？『Unbelievable』那個節目。」

「嗯？我沒看耶。」

「我改天再借你錄影帶，很好看耶！有一種肉眼看不見，叫做『飛棍（Skyfish）』的不明生物在天空中飛耶！神祕生物好酷喔！」

「是喔？」

因為很崇拜警視廳的刑警——三栖先生，當初一直在說要不要去當警察的純也，高中畢業後，馬上就到一間很大的遊戲公司上班去了。他高中時所寫的遊戲企劃，得到那間公司的公開徵稿比賽專案的採用。我們對他的認識，僅止於是個很有正義感的頑皮孩子，沒想到他還有這般才能，讓大家相當驚訝。

在公司製作出爆紅遊戲的純也，前陣子自己出來開工作室了。聽說是和平離職，現在是跨公司新企劃的軸心人物，目前正在籌備當中。

開始聞到番茄肉醬的香氣了，丹下太太從冰箱裡拿出兩人份的義大利麵，放入已經開火的平底鍋裡，並加入無鹽奶油。不在一開始就融化奶油，而是將奶油拌在麵裡，是丹下太太的獨特作法。

「我說你啊，純也。」

「怎麼了？」

「讓你久等了。」她一邊將大盤的番茄肉醬義大利麵放在純也面前，並說道：

「你就是老跟阿大和三栖老爺他們混在一塊，現在單身病才也傳染到你身上，你才會被香世給甩了。」

「妳好煩喔！我本來就沒跟香世在一起啊！黑助，下去。」

「這樣說來，昨天香世有打電話來喔。她說下星期有事要回娘家一趟，打來問到時候店有沒有開。」

「嗯……」純也將義大利麵塞滿嘴，一邊回應。香世決定要結婚時，我還跟純也去喝了一杯，安慰他：「人生就是如此」。但這件事我們都沒跟丹下太太說。

「我看啊，過陣子她應該就會帶著孩子到店裡來囉。」

「應該喔。」

從小看到大的鄰居小女孩，如今已經成人甚至要結婚了，真令人感慨。再加上她一直以來都是店裡的常客，其中的感觸更是深切。家中有女兒的父親，面對待嫁女兒大概就是這種心情吧，我好像也稍微能感同身受。

「三栖先生今天晚上會晚回來嗎？」

純也拿起餐巾紙擦掉嘴巴上的醬汁，一邊這麼問。

「不知道耶。畢竟昨天晚上就沒回來了，說不定又有大案子沒辦法抽身。」

「因為現在寫的腳本啦，有事情想問他說，是關於警察裡頭的組織架構。要不要傳簡訊給他呢……」

「他可不像你這麼游手好閒啊！人家有工作在身，你就別吵他了。」

「也是。」

「他今天晚上如果有回來，我再幫你跟他說一聲吧。」

剛剛播的貓王已經播完了，我走到CD架拿出CD。猶豫了一下接著要放什麼歌，後來決定播克里斯・里亞（Chris Rea）的歌曲。沙啞的爵士歌聲，自音響中流洩出來。

本來在地板上坐得好好的黑助，突然動了，走向自己的位子。通常這種時候就代表有客人來了，所以當我把目光轉向門口，馬上就傳來哐啷的開門聲。

「歡迎光臨。」

「你好。」

是個開朗的聲音。她身穿淺藍色薄短大衣。門打開時吹起的風，吹動了她的長黑髮，步美壓著頭髮走了進來。

「喔！好久不見了耶！」

純也手上還拿著叉子，微微地抬起手示意。這麼說起來，她和純也已經有好一陣子沒有同時到店裡來了。丹下太太微笑著：「歡迎光臨。」

「好久不見了，純也哥。」

「最近好嗎？」
「托你的福，我很好。」
她把裝了很多書和資料，看起來很重的包包，放在吧台旁邊的木櫃上。那裡是常客才知道的置物櫃。
「學校沒課了？」
「是啊。」
她脫下短大衣，仔細摺好放在包包上。她這樣的舉動，以前丹下太太就曾稱讚過。她總是帶著溫柔的微笑稱讚：「這都是母親和祖母教得好，才將她教養成這樣一個好女孩。」
九年前，我曾經很擔心經歷了那樣的事件，會在兩個女孩子心中留下傷痕。但看來是我多慮了，步美和妹妹美依奈都長成十分乖巧的女孩。
「妳比平常還早到耶，一下課就直接過來了嗎？」
被丹下太太這麼一問，她稍微皺起眉，輕輕搖頭說：
「朋友今天沒來學校，我剛剛先去了她家，但是她不在。」
「那妳想吃點什麼嗎？」
聽我這麼說，步美露出淺淺的微笑：
「我可以在這裡吃完晚餐再回去嗎？」
「可以啊。」
「那請給我一杯咖啡。我等一下再去買食材。」

說完，她就在純也旁邊的高腳椅上坐了下來。

「怎麼？妳還要幫阿大哥作晚餐啊？」

「是啊，如果不嫌棄的話，也可以做你的份喔。」

我看著純也剛剛才吃完義大利麵的空盤。

「那就麻煩妳了，我可以當宵夜吃。」

步美讀的大學在神田，現在與本來獨自居住的阿姨一起生活。因為那位阿姨是護士，經常輪值晚班，每當這個時候，步美就會來店裡煮晚餐，順便自己也吃完再回去。

什麼事都好，我只想要好好報答你。

升上大學，又來到東京住的步美，當時這麼對我說。她說：「當時要不是有阿大哥和大家來救我，我真的不知道最後事情會演變成怎樣。所以我想做些什麼來報答你。」雖然我叫她不用想這麼多，但丹下太太考量到步美的心情，提出來的建議，就是做菜。

我和三栖先生每天三餐都吃得很隨便。晚餐時間基本上店也還在營業，所以通常就不吃了，或者是趁沒客人時，隨手拿點小東西吃。至於三栖先生，只要工作上有什麼狀況，簡直就像是電視劇裡成天埋伏的刑警一樣，隨便吃個麵包了事。

於是，丹下太太提議：「既然如此，反正應該也能當作嫁人前的手藝訓練，妳偶爾就過來幫我們作晚餐吧，好不好？」步美也接受了這項提議，至今也已經持續了三年。

「學校的課，上得還順利嗎？」

已經吃完番茄肉醬義大利麵的純也，喝了一口咖啡後，這麼問她。

「我也不知道算不算順利，不過我會努力。」

「妳要趕快當上律師喔，然後到我開的公司來當顧問律師吧！」

「哇，如果可以成真就太好了。」

丹下太太沖著咖啡，一邊微笑看著聊開來的兩人。她又看了過來，一樣對著我微笑，稍微聳了聳肩。

＊

步美幫我們作的晚餐，有炸魚、料多豐富的蔬菜湯，還有白飯。純也過來吃的時候，已經過了晚上九點半。一如往常，丹下太太七點過後就下班了，這個時間也沒有客人，而黑助就大大方方地睡在吧台上。

「每一次啊……」

純也吃著放在吧台上加熱過的飯菜，一邊說：

「她都會想出加熱後也一樣好吃的菜色，真的讓人很佩服耶。」

「就是說啊。」

當然，不可能讓步美在店裡作晚餐，所以她每次都是在二樓的廚房料理。店裡忙的時候另當別論，如果有時間，我也會盡量直接在二樓的房間和她一起吃晚餐。因為我認為，這也算是對她如此盡心盡力應有的禮貌吧。

「你也差不多該接受她了吧。」

「少囉唆。」

「步美她真的很喜歡你耶。」

「我已經說過很多次了。」

她才二十一歲耶。

她國中的時候，莫名牽扯進那樣的事件裡，也算是被她父親背叛吧，之後也因為這樣，父母親離了婚。後來，她和母親、妹妹三人離開住慣了的千住，搬到母親的娘家埼玉。

「她只是把我，和她不在身邊的父親形象重疊罷了。」

我，明年就四十歲了。這個年紀，勉勉強強還當得了她的父親。

「可是她都已經撇開年紀的問題，說她喜歡你了。這可是我親耳聽到的。」

純也也是當時救她出來的人之一。在步美上大學之後，因為年紀相仿，經常和香世三個人一起出去玩。

「話雖如此……」

步美接下來大學畢業後，要以律師為目標。她當初會決定走這條路，我猜或許跟她當年牽扯上犯罪事件有關。

「從學校畢業，出了社會之後，眼界就會打開了。你當初應該也是一樣吧？你十八歲的時候，有辦法料想到自己二十五歲是現在這樣嗎？」

「沒辦法。」

「那就對啦。」

步美如此仰慕像我這樣的男人，她的這份心意，我是很開心。但開心歸開心……

「但是她接下來才要面臨各種經歷，身邊可能會出現更令她尊敬、或是讓她更喜歡的男人也不一定。所以我不能現在就決定她的未來。」

「呿，真是老頑固耶。」純也說：

「但也不要因為這樣，就想把我跟她湊成對喔！我可沒辦法接受喜歡過你的女人。」

純也淺淺地笑了。

「我才不會這麼做呢。」

在我腦海中，還記得純也讀小學時的笑臉，如今他也已經二十五歲。在那個笑容的另一面，已經有了成年男人的影子。

因為知道還是沒有客人上門的話，就差不多要關店了，所以黑助大大方方地睡在吧台上，但此時，牠的耳朵忽然動了一下，猛抬起頭來看向門口。

我還想說或許是三栖先生回來了，但當門哐啷地打開後，進門的是一位女性。

「歡迎光臨。」

是初次見面的客人。她略顯不安，稍稍低下頭，朝店內走了一、兩步。

「請問，已經關門了嗎？」

關門時間其實形同虛設。如果現在進門的是一個喝得爛醉的大叔，或許我會拒絕他：「不好意思，我們已經休息了。」但她的舉止，卻讓人有股很親近、熟悉的氛圍。

為什麼會有這種感覺呢？明明才初次見面。

「如果只是喝杯咖啡的話，還有時間喔。」

聽我這麼一說，她緊閉雙唇，直接朝吧台走了過來。

她的身高不算很高，一身簡單，但不失質感的灰色褲套裝，非常適合她，社會歷練應該算是豐富。我猜想年紀大概是落在二十五～三十五歲吧。

直髮幾乎及肩，是一頭漂亮的黑髮。她手上還拿著小手提包，雖然外型設計簡單，但上頭有著講究的金屬扣環，應該無論是工作或平時都適用吧。不過包包大小放不進資料，至少可以判斷，她是從事不需要帶著包包出門跑的工作。

「請給我一杯綜合咖啡。」

「好的。」

沒有看菜單就點了咖啡。她以優雅的姿勢坐到高腳椅上，坐下的同時，也只有用眼睛稍微觀察了一下周遭而已。

店裡播放的音樂，已經從狄昂・華薇克（Dionne Warwick）換到湯姆・威茲（Tom Waits）。現在播的是〈A Sight for Sore Eyes〉，湯姆・威茲獨特的沙啞嗓音迴盪在店裡。

再怎麼說我從事服務業，也已經過了十多個年頭，所以還算滿善於觀察人的。

我覺得這位女性來店裡，應該是有些什麼目的。當然，是除了喝咖啡之外。

我將熱水倒進虹吸壺，將火轉大。趁這時候，我把綜合咖啡豆從密封罐裡舀了一匙到研磨機裡。研磨機開始磨豆子，發出很大的聲響。當虹吸壺裡的熱水滾了，我在上壺放好濾紙，只要架好，熱水就會由下方往上升。我將磨好的咖啡粉放進上壺裡，用木製攪拌棒輕輕攪拌。

我知道她在一旁偷偷地觀察我這一連串的動作。並不是在確認我制作的流程，而是直盯著我的人看。

黑助不知道什麼時候又跑到純也的膝蓋上。純也一邊撫摸黑助，抽著菸，還一副悠哉樣看著我泡咖啡，但我知道，他也同時靜靜地觀察著，這位在關門前一刻上門的客人。

高中時期的純也，身上散發的氣息，就跟有些隨處可見的輕浮高中生一樣，但其實他並非如此。他這個人從小就很機靈識趣、替別人著想。這也代表著，他經常觀察自己周遭的人。我想，這對於他現在從事腳本家這個職業，應該也有幫助吧。因為要設計出故事架構，也要描繪出人的行動和想法。

直到咖啡往下流完的這幾分鐘，在店裡的三人正以各自不同的方式觀察著彼此，就某種層面上來講，這是一段充滿緊張感的時間。

「請，讓您久等了。」

她微微點頭。到第一次光顧的店，明明座位都空著，卻選擇坐在吧台的客人，我認為她要不是很習慣獨自到咖啡廳，否則就是想要確認些什麼才會坐在這。

「妳會怕貓嗎？」

我還是得確認一下。畢竟有些客人討厭貓，也有人會過敏。這時，她第一次露出笑容。

「不會，我很喜歡貓。」

「那就好。牠叫黑助，只要心情好，叫牠的名字就會過來喔。」

她輕輕點頭，喝了一口咖啡後，看著純也膝蓋上的黑助。我原以為她可能會叫黑助的名字，但她又把頭轉向我。

「請問一下。」

「是。」

「您就是弓島大先生嗎？」

「是的。」

我微笑點頭。

「你就是三栖警部的房東吧？」

因為突然提起令人出乎意料的名字，我感到很驚訝。純也也同樣地稍微動了一下身體。她會稱呼他為〈三栖警部〉，就代表著……。

「雖然也稱不上是房東啦，但可以這麼說。」

雖然把房子租給他住，但也不是以租屋為業。只是讓朋友住在自己的家裡而已。她放下咖啡杯，從包包裡拿出名片夾，從中拿出一張名片。

拿的動作不太熟練。她應該不習慣與人交換名片。

「不好意思，我是三栖警部的下屬，我姓甲賀。」

「喔，甲賀小姐。」

警視廳刑事組組織犯罪應變室企劃分析課第五組。

甲賀芙美。

名片上寫著上述內容。我很驚訝警視廳的部門名稱會這麼長，不過甲賀小姐真的是人如其名，她確實散發出和名字同樣的氣質。
不過，這個人究竟為什麼會來這裡，我思考著，或許不禁皺起眉頭來。
「三栖警部還沒回來吧？」
「是的。」
「昨天就沒有回來了。」聽我這麼一說，甲賀小姐輕輕咬了一下嘴唇。
「那他有打電話給你嗎？或是寄E-mail、傳簡訊嗎？」
「沒有耶。」
而且我本來就沒有手機。就拿純也來說好了，手機對他而言，已經是不可或缺的生活用品，就連丹下太太也在前陣子買了手機。畢竟我一整天都在店裡，根本就不需要用到。不過，電腦我倒是有，雖然偶爾會用到E-mail，但從來沒收過三栖先生寄來的信。
「其實……」
她講到這裡停頓了一下，露出猶豫要不要說出口的表情。她稍微往純也那瞄了一眼，而純也也注意到這一點。
「那……」
純也抱著黑助，將牠放到地上去。
「若是不方便在我面前說的話，我就先回去了。啊！別介意，我是住在附近的常客。」
甲賀小姐慌張地說：「不是的。」並且輕輕搖頭。
「你該不會就是純也先生吧？撰寫遊戲腳本的那位？」

純也張大了眼。

「我就是。咦？為什麼妳會知道？」

「三栖警部經常提起你。他常說還好有你，他才能免費拿到遊戲。」

「喔，是這樣呀。」

三栖先生連這種事情都會跟下屬說呀？不對，他如果會連這些事情都說，就代表他非常信任這個人吧。

「這麼唐突，真的非常抱歉，弓島先生。」

「哪裡。」

「我是自己判斷之後，才來這裡的。接下來我要說的話，其實是不可以向一般民眾說的，但是我有事情，想要向與三栖警部非常熟識的弓島先生，還有純也先生確認。」

「我現在可以開始說了嗎？」甲賀小姐同時帶著詢問的表情問道。純也在和我對看之後，點了點頭，坐到他和甲賀小姐之間空著的高腳椅上。

「請儘管說。阿大哥和我都像是三栖先生的家人一樣。」

雖然這句話說得有點誇張，但我也點頭：「的確是這樣。」

「請問三栖先生發生了什麼事嗎？」

甲賀小姐一度緊閉雙唇，接著她開口說：

「我現在聯絡不上三栖警部。」

「聯絡不上？」

「沒錯。」她點點頭。

「從昨天下午開始就聯絡不上他了。」

「呃，是下落不明的意思嗎？」

純也這麼問，甲賀小姐又點了點頭。

「那是因為在搜查當中……」

我話說到一半，突然意會，看著甲賀小姐的名片。

「雖說是三栖先生的下屬，但你們不屬於同一部門吧？」

「是的，沒錯。」

她接著繼續說：「三栖警部是警視廳刑事部，特命搜查對策室特命搜查第五課的組長。」沒錯，因為「特命搜查」就像是在小說情節才會出現的字眼，所以我只記得他的部門名稱裡有這幾個字。

「三栖警部的工作，就像是情報的互通橋梁。」

「橋梁？」

「我的部門是組織犯罪對策室企劃分析課。簡單來說，就是負責〈黑社會的情報蒐集分析〉。我們的工作不像刑警需要到現場去，所以被稱為〈內勤〉。如果說到黑社會的情報蒐集，其實範圍非常廣。弓島先生……」

她講到這裡，停頓了一下。

「這樣說可能對你不太好意思，但包括非法藥物的情報，我們也會蒐集。或者應該說，這一方面，才是我們蒐集的重點。」

「原來如此。」我和純也兩人對著彼此點點頭。

她會認為說這些話可能對我不好意思，那就代表三栖先生已經將我的事情全都告訴她了。包括過去女友因為興奮劑而命喪黃泉，還有因此而捲入案件的事，他都說了。我並不覺得事情被她知道了有何不妥，反而因此提昇了對她的信任感。

原來三栖先生這麼信任這個下屬啊。

「不過，非法藥物並非只有黑社會的人才會去碰。普通百姓，甚至是學生都可能染上毒品。但是，我的部門負責的只有黑社會，所以要和其他部門合作，分享這類的情報，但有時候也不會那麼順利。」

「警察的組織裡頭，就是有這個問題呢。」

純也這麼說。

「三栖先生常常在抱怨。說無論在第一線有多拚命，但只要一碰到階級、組織結構、派系，就是束手無策。」

「這是常有的事。」甲賀小姐也點點頭。

「說來慚愧，但這種事情真的屢見不鮮。所以，三栖警部身為曾待在我們課裡的毒品搜查官，又擁有亮眼的成績，才會調到特命搜查第五課這個新部門，負責統整和管理所有警視廳蒐集到非法藥物的相關情報。」

「半年前聽說他升官，就是指這件事吧？」

「沒錯。」她點點頭。

「所以，儘管所屬的課別不同，妳還是成了三栖先生的下屬？」

「是的，尤其我是分析師，又擔任電腦方面的專門職位，所以工作上一直和三栖警部有合作。」

她繼續向我們說明：「我會分析蒐集來的情報，和三栖警部一起確認分析結果，研擬對策，接著跟相關各部門聯繫，並下達指令。是這樣的工作流程。」我和純也兩人一邊點頭，一邊說著：「原來如此。」解釋得清楚明瞭，而我也終於明白三栖先生究竟是在做什麼工作了。儘管我們是朋友又住在一起，但我從未追根究底地問過他工作內容，當然，三栖先生有保密義務，所以也很少提起工作的事。

「你們有聽過化學合成毒品這個詞嗎？」

我們倆都點點頭。最近在新聞上偶爾會聽到。

「除了一直以來在毒販、吸食者之間流通的興奮劑、大麻之外，最近開始出現吸食簡便、效果又好的化學合成毒品。雖然幾乎都是從國外偷渡進來，但聽說也有日本國內製造的。而且不只是黑社會，其他組織或個人的交易量也很多。」

「原來如此。」

聽說最近三栖先生的工作，就是一直在循線調查毒品的通路。雖然已經坐上主任的位子，但他並不只是坐在辦公室裡等情報匯集進來，而是自己動身追查。這就是三栖先生的做事方式。

「三栖警部長年下來追查非法藥物犯罪，他所握有的情報網，有的是我們無法想像的。甚至還聽說，有些線民不能曝光。一方面是因為警察的身分，運用那樣的手段可能不恰當，另一方面則是可能會害線民引來殺機，所以才不能讓其他人知道。」

純也不由自主地坐挺了身子。我想我能夠理解，三栖先生身上承受的事情有多沉重。還有身為刑警的三栖先生有多可怕，或許我是最清楚的人。

「所以，雖然有時會有例外，但基本上三栖警部外出調查時都是獨自行動。因為有些比較危險的情況，所以一定會定時向內部回報。另外，我們也都事前講好一種聯絡方式，讓我們可以確實掌握到他的狀況，如果有會比較晚回報的情況，他就會利用這個方式，讓我知道他沒有碰上什麼問題，或是雖然有點狀況但還不需要支援。」

「這樣呀。」

聽到這裡，我懂了。

「所以，無論是三栖先生現在要採取怎樣的行動這些，甲賀小姐都能掌握狀況囉？」

「你說得沒錯。」

而現在，甲賀小姐找到店裡來，這代表著……。

「三栖先生的回報聯繫中斷了？」

甲賀小姐輕輕點頭。她的眼神裡，似乎有些動搖。

「已經三十一個小時了，這段時間他都沒有按時回報狀況。一般來講，我們會將這視為緊急狀況而動員同仁進行搜索，但是，在我的判斷下，阻止了同仁動員搜索。我認為，三栖警部雖然因為突發情況而單獨行動，潛入敵營搜索，但目前還沒有問題。」

「為什麼會這麼判斷呢？」

她抿起嘴唇。然後直直望著我。

「因為途中他有跟我聯繫，大約是五個小時前，也就是下午四點半過後。那是我和三栖先生之間講好的特殊聯絡方式。」

「特殊？」

純也皺起眉頭。

「話雖如此，但其實也是在半開玩笑下說好的。」

「玩笑？」

完全搞不清狀況。於是，甲賀小姐繼續說：

「我們曾經在私底下聊過，工作除外，若是在平常的生活當中，碰到讓自己束手無策的狀況時，會找誰幫忙。那個時候三栖警部這麼說：『我會找阿大。』而我剛剛所說的特殊聯絡方式……」

甲賀小姐拿出手機。按了按，並將螢幕拿給我看。

〈給阿大〉

三栖先生傳來的簡訊裡，只寫了這麼一句話。

## 二

「就只有這樣嗎？」

聽我這麼一問，只見甲賀小姐皺起眉來，點點頭。

「就只有這樣。」

我們三個人盯著手機簡訊的內容看，沉默了一會兒。面面相覷。

「請問你想得到這可能是指什麼嗎？」

甲賀小姐這麼問我，但我毫無頭緒啊。

「沒有耶，完全沒有。」

畢竟我完全沒有想到在三栖先生眼中，我這麼值得信賴，或者應該說，沒想到他這麼信賴我。因為我連想都沒想過，三栖先生會在日常生活中，碰到什麼讓他束手無策的事情。

「不過，的確是這樣呢。」

純也開口這麼說。

「如果有什麼情況，要說會找誰商量的話，我一定也是找阿大哥啦。你應該會找三栖先生吧。」

「沒錯。」

這個問題，我馬上就能給出肯定的答案。的確如此。雖然我們之間的關係，並非幼稚、膚淺到會去彼此確認，但或許我和三栖先生確實具有這樣的共識。

甲賀小姐又再看了一次手機簡訊的內容。

「我認為三栖警部確實是碰上什麼狀況了。不過，如果他是要向弓島先生求助的話，這則簡訊的疑點又太多了。」

「疑點？」

「這麼說也對耶。」

純也點頭附和。

「因為如果在搜查上碰到什麼麻煩，而且又是可以聯絡他人的情況下，三栖先生應該會先跟甲賀小姐聯絡吧？但是現在他卻什麼都沒解釋，劈頭就傳來〈給阿大〉，內容只有這樣的確可疑。」

「沒錯。」

甲賀小姐也點點頭。

「很明顯地，一切就是很奇怪。如果是搜查上的事情，開頭應該也是署名給我，接著再說明情況。但他卻是傳來〈給阿大〉。」

「如果這幾個字是傳到阿大哥的E-mail信箱，也就算了，可是他現在是傳給甲賀小姐耶。不覺得多此一舉嗎？」

純也這麼說。我也覺得他說得對，如果是搜查以外的事情，日常生活中有什麼問題需要和我商量的話，那直接找我、或是傳訊息給我就好了。但是他卻是傳給甲賀小姐。而且還是在他正行蹤不明時傳了這個內容。

「也就是說……」

目前能想到的可能性就是……

「三栖先生碰上特殊的情況，導致他無法好好回報動向，好不容易可以傳簡訊，但是卻無法告知詳情，所以才只打了我的名字。嗯……這也說不通。」

我自己說完，都覺得事情不是這樣。

「真是有點混亂啊。」

甲賀小姐點點頭。

「是啊。完全不知道應該往哪個方向想才對，而煩惱到最後，我就來到這裡了。」

「不確定因素太多了啦。」

純也這麼說。

「就連這個簡訊，到底是不是三栖先生打的都不知道了。畢竟有可能他的手機被拿走了也不一定。不過，如果是這樣，那就可以確定三栖先生，確實在搜查過程當中碰到狀況了。可是，就算這樣，內容裡出現阿大哥的名字也很不合理啊，因為你應該沒有跟任何犯罪扯上關係啊。」

純也這麼說完之後，聳起肩膀。

「不過如果像之前那樣被警察陷害的話，那就另當別論了。」

甲賀小姐有點驚訝地轉過頭來，頭髮也跟著飄動。

「被警察陷害？」

糟了。三栖先生沒跟她說到這件事嗎？

「這是怎麼一回事？」

「那個啊，跟現在這件事沒關係啦。」

「是以前的事情了。」我只能苦笑帶過。

「現在解釋，實在說來話長。而且我想，應該跟三栖先生現在狀況沒什麼關係才是。」

甲賀小姐微微咬著嘴唇，接著點點頭。

「不過，純也。」

「什麼？」

我指著甲賀小姐的手機。

「那簡訊裡出現我的名字，應該也不見得一定是單純跟警察搜查有關吧。」

「什麼意思？」

我和甲賀小姐看了一下彼此。

「雖然很難想像，但這也有可能表示，三栖先生完全是因為私事才失蹤的吧？」

「對耶。」

「這樣呀。」純也也點了點頭。

「或者應該說，這時候出現阿大哥的名字，反而是私事的可能性比較高吧。就像三栖先生跟甲賀小姐說過的一樣，〈如果在日常生活中碰到讓他束手無策的事情〉，他會找你。」

「可能是這樣吧。」

「不過，能夠讓三栖先生失蹤的私事，還有讓他會找你求助的麻煩，到底是什麼啊？」

完全不知道。毫無頭緒和線索。

「聽說……」

甲賀小姐一副難以啟齒的樣子。

「聽說三栖警部已經離婚了。」

「是的。」

前妻的名字是由子，唯一的兒子名叫宏太。

「他兒子已經國中三年級了。」

而由子小姐四年前再婚，冠夫姓後，現在叫做吉田由子。先生是一名藥劑師。

「聽說三栖先生跟由子小姐是和平離婚，並非分得不愉快。所以現在三栖先生每兩個月都還會見宏太一次呢。我想這個部分應該是沒有什麼問題。」

「不過，話說回來。」

純也這麼說。

「那個三栖先生會因為私事放著工作不管，而且還下落不明，這也太奇怪了吧。不太可能。一定是因為牽扯上什麼事件，才讓他無法採取任何動作吧。」

的確，這麼說是比較合理的。

「真是令人焦急。現在能確定的，就只有三栖先生碰上什麼麻煩嗎？」

我們三個人點了頭，又再次陷入沉默。
「在他失蹤之前，狀況如何呢？」
「完全不清楚。他處理完平常既定的工作，一個人出去吃午餐後，就這麼消失了。」
「所以也不知道他去哪裡吃午餐囉？」
「很遺憾地，我不清楚。」
甲賀小姐看起來真的很不甘心地點點頭。
「再這樣下去的話，最後會怎樣啊？雖然現在是出於妳的判斷，阻止警察動員搜索，但總有個極限吧？」
「是的。」
她咬了嘴唇。
「如果明天一整天，他都沒有任何回報，也無法判斷那是三栖警部自己傳來的消息，我就必須跟上司報告這件事。畢竟這是攸關三栖警部的性命。只是……」
「只是？」
「如果，三栖警部真的在搜查上碰上什麼麻煩，以他的作法，他應該會以某種方式，明確告知我們他陷入困境當中。」
她說，三栖先生就是這樣的一個人。
「這麼說可能不太恰當，但他絕對不是會讓惡棍先下手，自己卻白白斷送性命的人。兩位只認識平常的三栖警部，或許很難想像，但三栖警部是個考慮周詳、極為謹慎的人。如果他真的陷入危及性命的情況，他應該也已經準備好將那些人帶著一起死的手段。當然，他應該也會想好可以確實通報我們的辦法。他就是這種人。我……」

她停頓了一下。

「很抱歉，這樣的用詞很不好聽，但他就像惡魔般狡猾，我已經不知道有幾次因為他這樣，而感到背脊發涼。」

「這麼誇張？」我和純也兩人看著對方。

「不過，好像也能夠想像得出來。」

純也這麼說。

「我從以前就一直覺得，只要他一認真起來，是絕對鬥不過他的。」

「的確是。」

無論我跟他感情再怎麼好，但他還是有著令人摸不清底細的一面。這一點我從以前就這麼認為。而且，因為我始終認為，是刑警這個職業讓他變得如此，所以聽到這段話，我並沒有特別驚訝，但能夠讓同事這般形容，看來是真的相當嚴重吧。

甲賀小姐接著說：

「所以，我很在意〈給阿大〉這句話。我認為，三栖先生是要說〈就交給阿大〉，而在事情解決之前，至少在弓島先生跟三栖先生見面之前，就讓他按照自己的想法採取行動，我在猜他想告訴我的，是不是就是這個意思。」

「這樣呀。」

純也這麼說。

「也就是說，他現在拜託妳好好跟上頭交代過去，或者是說如果警察出動了反而會壞了事，所以要妳阻止，同時，他又想要對阿大哥傳達些什麼，是嗎？希望阿大哥幫忙想辦法之類的？」

「我目前猜想可能是這樣。」

的確有這個可能性。我點了頭之後，「儘管如此……」甲賀小姐又接著說。

「我還是對這麼短的訊息內容存有疑問。為什麼不再說清楚一些呢？」

她說得沒錯。

「如果先不管這個，假設簡訊是三栖先生對妳的請託，有多少時間可以不向上司報告？」

「要多久就多久。」

要多久就多久？

「只要我偽造三栖警部寄給我的簡訊就可以了。臥底搜查是很花時間的。就像電視劇或漫畫當中可能也出現過的劇情，偷偷混到某些組織裡，在裡頭待個一年半載，在現實中也是有的。不過，三栖先生並沒有祕密搜查那麼久的紀錄，如果真的要花這麼久時間，實際上也必須要請上級裁示，不過若只是一星期或十天左右，沒看到人也不會有人覺得奇怪而去過問什麼。只要我報告說我有確實掌握到他的動向就好了。」

「也就是說，可以有那麼長的時間可以用囉。」

純也點了根菸。因為這動作我才想到，甲賀小姐到店裡來，已經過了滿久時間了。

「不好意思，我先去關一下營業的紙罩燈。」

我完全忘記要準備關店。

「純也，你把工作放著，沒關係嗎？」

「都聽到這些事情了，這時候我怎麼可能回去啊！我就陪你們到最後吧。」

這麼說也是。

我把紙罩燈收進店裡的玄關，重新泡了咖啡，開始整理收拾。

「妳會不會肚子餓？」

「不會。給您帶來麻煩了，真的非常抱歉。」甲賀小姐低下頭來。這其實稱不上麻煩，但我想甲賀小姐一定是極為認真的人。她一定心想，這些事情本來應該是得自己解決的，但最後卻跑來找我們這種一般民眾商量，因而感到很抱歉。同時，也感到後悔。

她的眼神，透露出這樣的感覺。

「就像純也說的，那則簡訊若解讀成，他希望妳阻止警察出動，同時也希望我採取行動，這樣想是最合理的吧。」

甲賀小姐點點頭。

「不過，弓島先生沒有任何頭緒，對吧？」

「完全沒有。」

雖然我一直在想，但對於三栖先生可能惹上的麻煩事，真的一點頭緒都沒有。

「而且，還有個附加條件是警察不能出動，對吧？無論怎麼想，都覺得可能發展成什麼事件吧。又或者，這整件事演變到最後，可能會危及三栖先生或相關人士的性命。」

「也可能是這樣。」

愈來愈搞不懂了。三栖先生到底要我怎麼做呢？

「真的非常抱歉。」

甲賀小姐再次道歉。

「但真的只能拜託弓島先生你們了。我只是個內勤，從來沒有做過搜查的工作，無論我怎麼想，怎麼找過去的資料，還是找不到任何線索。」

她的眼睛裡，透露著不甘與傷心。我察覺到，她和三栖先生的關係，似乎不僅僅是上司與下屬。他們倆之間應該共同擁有些什麼。

是愛情嗎？就算不是，彼此之間也應該共通著什麼重要的情感，共事至今。

「儘管如此……」

如果要說什麼是只能由我採取行動，倒是有。我這麼一說，他們倆都有些驚訝，睜大了眼。

「什麼？是有什麼事情嗎？」

「就是你也知道的那件事。」

「難道是……」純也這麼說。

「夏乃的事。」

我那死去的，女友。

「那不是已經都結束了嗎？」

「還有一個，就是步美的事。」

「但那也解決了啊。」純也露出無法理解的表情。甲賀小姐不明就裡，稍微皺起眉頭。

「這些事情的確是都結束了，但如果要說三栖先生要拜託我解決什麼，而又是跟警察有關的問題的話，那就只有這兩個了。」

「嗯，或許的確是這樣吧。」

「那件事……」

甲賀小姐這麼問。

「是剛剛弓島先生提到，被我們警察陷害有關的事情嗎？」

「是的。」

再隱瞞下去也不是辦法。如果要以這個方向來動作，那就必須全盤告訴甲賀小姐。

「一開始認識三栖先生時，我們的關係是嫌犯和刑警。」

甲賀小姐的表情有點驚訝。

「從我的女友——夏乃過世後，就認識到現在了。」

這件事已經過了十幾年了。現在再提起，已經不會感到胸口糾結的心痛。雖然悔恨的心情恐怕永遠無法抹滅，但我已經能夠冷靜地描述這過往陳事。

「她當時透過她的高中學長——橋爪，取得非法藥物，最後也因此丟了性命。」

而我，當時被當成嫌犯逮捕。當然，那是誤抓，不過從那之後，我就和三栖先生成了朋友。

實際上，在從高中時期就販賣非法藥物給一般民眾的橋爪被逮捕後，這件事就落幕了。

而這個事件再次跟我扯上關係，是大約九年前，橋爪出獄的時候。

「那又跟另一個事件有關，而那個事件，是一個鄰居小孩來拜託我，幫她找失蹤的姊姊。」這件事也跟非法藥物有關。就連三栖先生也牽扯進來了，包括純也、丹下太太在內，許多夥伴都來幫忙，最後大家都平安無事，也沒有發生什麼嚴重的事情。

最後，三栖先生告訴我，他的上司，當然也就是警察，為了毀掉非法藥物的流通管道，而牽扯且利用了我和橋爪。結論就是我被陷害了。「針對這件事，的確是無可奈何。」他壓抑住沉重的嘆息這麼說，而整件事也就這麼結束了。

甲賀小姐聽完之後，一度閉上了眼睛，輕輕嘆了口氣。接著，她看著我。

「我終於可以了解，你和三栖警部的關係了。」

「嗯，總之發生了很多事呢。」

被純也這麼一說，我也只能苦笑以對。一個人活了快四十年，的確會經歷許多，但會經歷這些事的男人，我想應該是極為少見的吧。

「我在這裡，再次向您道歉。」

甲賀小姐站起身，深深地低下頭來。

「不，這不是妳的錯。」

「不，這是應該的。」

甲賀小姐依然低著頭，強而有力地說道。接著，她緩緩抬起頭來看著我。

「對於那件事，我心裡有底。弓島先生的確是我們警察在錯誤搜查方向下的受害者。雖然這並非道歉就能了事，但真的非常抱歉。」

我也只能點點頭。

「沒關係啦，甲賀小姐。大家都平安無事啊，而且還滿有意思的。到現在，只要喝了酒，還會聊這個聊得很開心呢。對吧，阿大哥。」

「是啊。」

這麼說雖然不太恰當，但確實如此。我苦笑了一下，甲賀小姐的表情也稍微放鬆了些。

「那麼……」

甲賀小姐重新坐好，接著這麼說：

「弓島先生所說的方向是指？」

我總覺得就只有這個可能性。

「就像妳一開始所說的，會碰非法藥物不只是黑社會的人。就像那個叫橋爪的男人一樣，無論以前或是現在，要將非法藥物滲透到學生或一般人裡，是很容易的。或許現在某個地方，三栖先生和我之間，又發生了跟非法藥物有關的事。雖然完全不知道原因，但這件事可能讓具有刑警身分的三栖先生束手無策。」

於是，或許只能靠我來採取行動了。

「但是，這根本就無從下手吧！更何況，跟非法藥物有關的事情，三栖先生怎麼可能叫你來解決呀！」

「這麼說的確沒錯啦。」

「假設真的就像你說的那樣，你要怎麼採取行動？一點線索都沒有，不是嗎？」

純也說得沒錯，但想得到的就只有這個可能性了。

就在此時，黑助動了一下。因為店已經關門了，所以牠一直睡在吧台上，但牠突然抬起頭來看著門口的方向。因為這動作，我們也不自主地朝門口看去。

「是誰來了嗎？」

純也這麼說。儘管店已經關了，但有些常客會因為看到裡頭還亮著燈，就走進來。

有個影子站在昏暗的門口，而且一直往店裡頭瞧。看得出來是個身穿西裝的男人。一瞬間，我還以為是三栖先生，但又馬上從身形看出並不是。他們的髮型也完全不一樣，而且還一直向裡頭探望。我納悶著到底是什麼人，一邊站了起來，走到門口去。

因為店裡的燈光看清楚眼前的人，是個頭髮三七分，看似上班族的男人。臉上的銀框眼鏡還反射著燈光。

我完全沒有見過這個人。我解開門鎖，打開店門。

「不好意思，我們已經休息了喔。」

那個男人露出淺淺的微笑。他是個臉頰消瘦，身形偏瘦的男人。兩手空空，手上沒有拿著提包或是任何東西。

「真可惜，我本來還想喝杯咖啡的。」

平常如果客人這麼說，我通常會跟對方說：「如果只是喝杯咖啡的話，請進。」但今天實在沒辦法。我只能反覆向他道歉：「真的很抱歉。」

「我們明天也有營業，如果方便的話，麻煩您明天再過來。」

那個男人輕輕點頭。接著，看向已經關起來的紙罩燈。

「這間店叫〈弓島咖啡〉，所以你就是弓島先生嗎？」

他隨口般問道。

「是的。」

「不好意思，如果你們店裡有香菸的話，可以跟你買一包七星嗎？我剛好抽完了。」

雖然我腦中閃過：「只要走到站前路上，那邊就有便利商店喔。」這句話，但馬上改了念頭，點點頭對他說：「有喔。」我就這樣走回吧台，拿了一包放在吧台的七星牌香菸，感覺到純也和甲賀小姐正盯著我看，再次走回門口。

「來，您要的香菸。」

「不好意思啊。」

因為他用拇指和食指拿起硬幣，我就手掌朝上，伸到他手的下方。那個男人把硬幣放到我手上，鏘啷，還發出百圓硬幣相撞的聲音。他又像是突然想起了什麼，於是從胸前口袋拿出一張名片，放在我手上。此時我才發現，黑助已經跑到我的腳邊。那男人低頭看看牠，露出淡淡的微笑。

「我會再過來的。」

「好的。」

他轉過身就往回走，離開了。他的腳步很輕，身影就這麼消失在昏暗巷子裡。我歪著頭，關上門，將門上鎖。

是個所有舉止都讓人感到不對勁的男人。

「是誰啊？」

純也這麼問。

「我也不知道。」

我看了名片。

〈松木孝輔〉。

除了名字之外，上頭只寫了手機號碼。純也盯著名片看。

「竟然只有名字喔？」

「嗯。」

「好奇怪的人喔。」

就是說啊。

「他要你賣他香菸嗎？」

「是啊。他說因為剛好抽完了，如果店裡有香菸，就賣給他。」

真的是個奇怪的男人。無論是給錢的方式，或是只買香菸這件事，都很奇怪。

「不過，總是會有一些奇怪的客人啦。」

我把錢放到香菸錢的盒子裡，名片就擺在吧台上。黑助用輕盈柔軟的動作又爬上吧台。

「剛剛我們說到哪裡啦？」

純也這麼問。我點著頭點燃一根香菸，吐了口白煙，看向甲賀小姐。
只見甲賀小姐的視線集中在某一點上，而且還皺起了眉頭。
「怎麼了嗎？」
我正納悶她是在看什麼，才發現她正看著剛剛那個男人的名片。
「這個名片，是剛剛那個男人留下來的嗎？」
「是啊，跟香菸的錢一起給我的。他說會再過來，就把名片放在我的手上了。」
說會再來店裡並留下名片的客人，並不是完全沒有，但少之又少。
「可以借我看一下名片嗎？」
「請。」
我把名片推到甲賀小姐的面前。但甲賀小姐並沒有拿起名片，而是把臉湊近。她凝視了三秒後，把頭抬了起來。
「你從來沒有見過這個男人嗎？」
「是啊。」
「確定沒有見過嗎？純也先生也是嗎？」
她的口氣顯得緊張、急促，我們倆也看著彼此。
「我沒有看得很清楚，不太確定，但我有聽到聲音，至少能確定那個聲音我沒有聽過。」
「怎麼了嗎？妳看過這個名字嗎？」
甲賀小姐緩緩地點點頭。

「沒有再次確認的情況下，我沒有辦法斷定。不過，有個黑社會的幫派組長就叫做〈松木孝輔〉。」

「組長？」

純也拉高聲音。

「不過是個很小的組。我只知道資料庫裡的建檔資料，但他應該還很年輕，好像大約四十出頭。他是不是身材清瘦，頭髮三七分？」

「沒錯。」

看起來就像個上班族。我們三人面面相覷。

「等我一下，我出去看看！」

我都還來不及阻止，純也就已經跑出店裡了。

「這樣很危險！」

甲賀小姐慌張地說。

「雖然規模是小，但也是個武力派的組啊！要趕快阻止他！」

「不用了啦。」

來不及了。已經看不到純也的身影，他手腳之迅速，是無人能及的。

「而且，他也不是笨蛋。我想他應該只是去確認還看不看得到人而已。就算真有什麼萬一，也不太需要擔心啦。」

「怎麼說？」

「別看他這樣，他可是精通格鬥技。」

因為覺得麻煩，所以他沒有去考什麼段數，但是他的實力可是贏過空手道或柔道高段數的人。有空的時候，他還會去拳擊練習場，那裡的教練還曾經很積極地要他往國際級比賽邁進。就連對身手很有自信的苅田先生和丹下太太，都說憑現在的自己可打不贏純也。

「他等一下就會回來了。」

儘管我這麼說，甲賀小姐還是一臉擔心地看著門外。

「武力派什麼的，有時候會在電視劇裡聽到，實際上還真的有這個分類呀？」

「有的。」

她重新坐回椅子，點點頭。

「當然，他們不會自稱是武力派或是什麼派，這只是我們這邊對他們的分類。而規模最小的組，通常很自然而然地就會走向這個派別。」

「自然而然？」

「他們會跟大的幫派結盟，自己就是站在第一線行動。通常，發生爭奪地盤，或是小衝突時，他們就會派上用場。」

原來如此。

「所以他們會這麼粗暴，也是不得已。」

「對，沒錯。」

我又吐了口煙。就在此時，純也臉不紅、氣不喘，踩著輕鬆的步伐回來了。

「沒辦法，他已經不知道走到哪去了。」

他一臉不甘心地坐回高腳椅，喝了水。

「我回去之後，再找資料核對看看。」

甲賀小姐這麼說。

「不過，應該就是他沒有錯。因為那個組長就是這個名字。」

純也把手伸向名片，才伸到一半，甲賀小姐就阻止了他。

「不好意思，請不要摸。這張名片，可以先交由我保管嗎？」

她這麼一問，我馬上就知道她的用意。

「要採集指紋嗎？」

「是的。資料庫裡面有他的指紋。我想這上面一定也有，所以要帶回去比對一下。」

純也同意地點頭，接著微微笑著說：

「真剛好，資料庫裡面也有阿大哥的指紋吧。」

「說起來真是丟人呀。」

三栖先生也這麼說過：「明明就沒有前科，但資料庫裡卻有你的指紋。」我們三人又再次盯著那張放在吧台上的名片看。

「要不要打到上面寫的號碼看看啊？」

純也這麼說，不過我們還是放棄這麼做。

「如果，他真的是那個黑社會的組長，那也太巧了吧。」

純也這麼一說完，甲賀小姐歪著頭，而我則是點點頭。

「不知道耶。雖然搞不清楚是怎麼回事，但總覺得不是巧合。」

三栖先生失蹤，而甲賀小姐來到店裡，接著，某個黑社會的組長又在奇怪的時間上門來。

「這時間也不可能會剛好路過、走進咖啡廳吧。畢竟這裡本來就不是隨便晃就會到的地方。」

這個時間，附近通常沒有什麼人煙。

「如果，真的只是單純的巧合，那麼這位〈松木孝輔〉先生應該是私底下有朋友住在這附近，或是他家就離這裡不遠吧。」

「是啊。」

「如果是這樣的話……」

甲賀小姐繼續說：

「如果並非巧合，那個〈松木孝輔〉是因為有所目的才出現，那是不是代表他跟三栖警部的事情也有關係呢？」

我不知道。我真的搞不清楚，但是……。

「這時間點也太剛好了吧。」

我們三人點點頭。

「再這樣想破了頭也想不到。甲賀小姐，很抱歉，能請妳明天一早確認嗎？」

「我知道了。資料庫裡也存有他的照片，我再把它印好帶來。」

「可以這樣嗎?」

她大大地點了頭。

「三栖警部經常說,〈如果要做就要放手一搏〉。在決定要到這裡來,告訴弓島先生這件事時,我就做好心理準備了。如果能請你幫忙的話,我什麼都願意做。」

她抿起嘴唇,眼神裡似乎有些動搖。

甲賀小姐是打從心底信任三栖先生,而且擔心得不得了。這一點,我和純也都清楚感受到了。如果,如果三栖先生平安回來的話,我一定要好好問清楚他和甲賀小姐的關係。

「接下來,該怎麼辦呀?阿大哥。」

純也這麼問。不過很遺憾,現在可說是束手無策。

「那個組長的事情,就先等明天的確認結果吧。甲賀小姐,如果三栖先生有跟妳聯絡的話,無論是半夜或是一大早,都請通知我一聲。」

「我知道了。」

甲賀小姐的表情非常認真,雙眼直視著我回答。

「雖然我想妳應該非常擔心,但還是要好好睡一覺。三栖先生以前曾經這麼跟我說過,愈是發生緊急狀況時,如果有時間,就愈要好好睡,才能維持體力和精神。」

甲賀小姐稍微睜大了眼,接著微笑點頭。

「那我呢?有沒有什麼我能幫忙的?」

我看了一下時鐘,才十點多。

「我記得你有宏太的E-mail吧？」

「我有啊。」

「那你能不能幫忙編個理由問問他？譬如可以說你因為寫遊戲腳本，需要知道刑警的日常生活，問看看他跟三栖先生去過哪些地方，或是一些私底下，只有家人才知道的事情。總而言之，我們也只能盡量多蒐集跟三栖先生相關的情報。」

「原來如此，的確。」

我看著甲賀小姐。

「我明天早上，也會打電話給他的前妻由子小姐，告訴她三栖先生沒有回來，看她有沒有聽說些什麼。以前也有過兩、三次這樣，以我跟她的關係，還可以聊這些事，所以她不會起疑的。」

「謝謝你。」

甲賀小姐輕輕低下頭。

「再來，要知道能採取什麼行動的話，那就只能問他了吧。」

「他？」

橋爪，橋爪道雄。只有他能問了。我這麼一說，純也也歪著頭。

「要往非法藥物的方向查嗎？」

「沒錯。」

「他現在應該只是個普通人而已吧？都年過四十了，應該不會再做那些傻事了。」

「他應該沒有再碰了。我很清楚他這人的決心，他不會再做出以前那種傻事了。但是，至少他在學生時期，曾有好幾年將觸角伸向黑社會，經手非法藥物的經驗。」

「所以是要尋求建議嗎？問看看現在可能發生什麼事嗎？」

「這也是其中一點，除此之外，橋爪先生和三栖先生也算熟識。而且一個是負責逮捕的人，另一個則是被捕的，說不定，他會知道我們所不了解，三栖先生的另一面。」

「喔，原來如此。」

雖然這麼做，可能會使他想起過去那些不好的回憶。

「在專家甲賀小姐面前，竟然還說要去尋求一般人建議，可能很莫名其妙，但至少橋爪先生對於三栖先生，還有我們這些人之間的關係，會比妳更清楚。畢竟從那次事件以來，我們就一直有聯繫。所以或許他能夠發現到，一些甲賀小姐沒注意到的事情。」

「請問他現在是在做什麼呢？」

甲賀小姐問。

「橋爪先生在社福機構工作。」

純也也點點頭。

「三栖先生也很肯定他喔，說他已經徹底更生，回歸到這個社會。而且聽說相當辛苦，三栖先生還說，就這部分來看，他真是個不簡單的男人。」

的確，我也這麼認為。他以模範受刑人的身分在監獄中服刑。而如今則是過著贖罪的日子。

儘管如此，甲賀小姐的表情依然沉重，這也難怪。現在三栖先生的情況，本來就不能隨便對人透露。更何況橋爪先生，還是曾經涉及非法藥物的罪犯，並留有案底。

「甲賀小姐，橋爪先生是可以信任的。剛剛前面我提到了一個人，夏乃的父親，也就是我的前上司——吉村武彥先生。」

當初不斷說要殺掉橋爪的吉村先生，在步美的事件解決之後，仍有這個念頭。

不過。

「他的太太真知子女士，後來得了失智症。」

「咦？」

就在那次事件發生後不久。於是，吉村先生傾心傾力地照顧著太太。

「儘管如此，過了大約一年左右，病情愈來愈嚴重，讓吉村先生一個男人也開始照顧不過來了。迫於無奈，吉村先生只好將他太太送到相關機構去，這個時候，橋爪先生出現了。」

「橋爪先生？」

「當時他已經考取看護執照。他出現在吉村先生的面前，拜託吉村先生讓他照顧他太太。而且還是下跪請求吉村先生的。」

甲賀小姐稍微睜大眼。

「當然，吉村先生拒絕了。他認為，怎麼可能讓害死自己女兒的男人，一個令他曾經想殺了他報仇的男人，來照顧自己的太太。還告訴橋爪先生，不准再出現在他面前。儘管如此，橋爪先生依舊沒有放棄。他告訴吉村先生，如果吉村太太真的走到生命的最後一天時，再把他殺了也不遲，但到那天來臨之前，希望能夠讓他贖罪、照顧吉村太太。」

「那麼……」

甲賀小姐說。

「那個時候，吉村太太已經……」

「是的。」

她已經認不得人了，已經不知道橋爪就是害死自己女兒的那個人。

「橋爪先生到吉村先生家拜訪、拜託了好多次，數不清多少次了。他說自己這輩子能走的路就只有這一條了，儘管無法得到原諒，但也只能一生背負著過去所犯下的過錯，不斷懺悔。」

「就像個修行僧一樣呢，橋爪先生。」

純也也輕輕點頭，繼續說：

「會讓人覺得，原來人一旦有所醒悟，或者說是下定決心後，就會是這樣。」

他說得沒錯。

「同樣地，對我來講，他就是個害死我女友的男人。儘管如此，如今認識了改變過後的他，我也不會再因為那件事而想責怪他。即使有這樣的念頭，我想我也只能抱持著這份心情，繼續往前走下去。而橋爪先生，當他得到吉村先生的原諒，開始在社福機構工作後，他也有跟我說。」

「說了什麼？」

「只要是他能夠辦到的事情，除了殺人，他什麼都願意做。」

他並沒有說這是贖罪。而是說只要是他能辦到的事，他都會去做，所以如果有需要，希望我儘管跟他說。

# 三

〈弓島咖啡〉是十點開店，但丹下太太通常八點半就會到店裡。為的是準備這家店的招牌料理——番茄肉醬義大利麵。丹下太太做的番茄肉醬義大利麵，可是道極品。雖然稱不上頂級，但口味簡單樸實，又或者該說是，有媽媽的味道吧，讓人怎麼吃就是吃不膩。

裡面只有大蒜、洋蔥、整顆的水煮番茄罐頭、番茄醬和絞肉，另外再加入高湯、無鹽奶油以及幾種香料後，慢慢燉煮攪拌均勻就好了。

食譜很簡單，分量我也都知道，所以我有時候也會自己做來吃，但不管怎樣就是煮不出同樣的味道。聽丹下太太說，祕訣就在於燉煮時攪拌的方法，還有加入前一天所剩番茄肉醬的分量，以及時間點。

沒錯，前一天剩下來的番茄肉醬不會丟掉，而是先擺進冷凍庫，隔天再加到新鮮的肉醬裡。聽起來就像是幾十年來，在老醬汁裡不斷添加新醬汁後，所製成的陳年祕傳醬汁一樣，丹下太太的確也會把前一天做好、剩下來的肉醬放入新鮮肉醬裡攪拌，或許美味的祕訣就在於此。

我已經取得甲賀小姐的同意，讓我可以將三栖先生失蹤的事情告訴丹下太太或其他人，也就是包括純也在內，跟之前的事件有關的人。因為我知道儘管告訴他們，也絕不會走漏風聲。

甲賀小姐說她今天工作結束之後也會到店裡來。既然都要在店裡談，當然也必須全盤告訴丹下太太。

除了丹下太太，沒人抬得動裝滿番茄肉醬的巨大熬湯鍋，丹下太太「嘿咻！」地一聲，把鍋子抬到內側的瓦斯爐上。因為已經充分攪拌均勻了，接下來就剩下用小火慢慢燉煮。

丹下太太依舊強而有力，但是現在抬鍋子的氣勢不如從前。或許也該考慮減少每次煮的分量。

黑助知道這時還不會有客人上門，所以就靜靜坐在吧台，看著丹下太太料理。我們當然不可能讓貓吃番茄肉醬，但是牠知道只要乖乖待著，等丹下太太準備到一個段落，牠就有點心可以吃。

「可是啊……」

聽完昨天甲賀小姐來店裡之後發生的事情，丹下太太轉身面對坐在吧台高腳椅上的我，手插在腰上，嘆了一口氣。

「阿大。」

「怎麼了？」

「你真的生來就是這種命耶。怎麼又牽扯上麻煩事啦？」

「又不是我喜歡這樣的。」

「我當然知道啊。」她說。

「如果你是本身就愛扯上這種事的話，那還是早點改行，把這裡改成偵探事務所比較好。可以叫做〈弓島偵探事務所〉，還可以跟委託人說，我們這裡還住著刑警喔。」

「沒錯。」

我笑了。說不定改行賺得還比較多呢。丹下太太喝了口她剛剛泡的咖啡，馬克杯拿在丹下太太手上，看起來都成了裝Espresso的小咖啡杯。

「不過，三栖老爺他啊，真的很讓人擔心呢。」

「是啊。」

「不過，我是覺得他不至於會死啦，畢竟他這人就像打不死的蟑螂，命很硬的。」

甲賀小姐說三栖先生就像惡魔一樣狡猾，丹下太太則說像蟑螂。雖然她們都說得滿過分，但我也覺得有其道理。

丹下太太吐了一大口氣，抬頭看著天花板，稍微思考了一會兒。接著，「嗯」地點了頭。黑助喵喵叫，像是在說差不多該給牠點心吃了，於是丹下太太從吧台後面的櫃子裡，拿出了小魚乾，給了牠三隻。

黑助一邊發出「嗚喵嗚喵」的聲音，一邊專心地吃小魚乾。我是不太清楚其他的貓如何，但黑助吃東西時，總好像也一邊在說些什麼。有時候聽起來還像是在說：「好吃，好吃。」

「好，我知道了！不過這次三栖老爺可能也碰到危機了呢。」

「但願不是。」

「如果，又發生像當時那種事……」丹下太太接著說。當時，指的是救出步美的那一天吧。

「我們也不能再靠苅田老爺了。」

「是啊。」

還在住院的苅田先生，因為很擅長處理這類棘手的麻煩事，如果他現在身體還很健康的話，一定是我們的大軍師。

「然後呢？接下來要先怎麼做？」

「因為完全沒有頭緒，想採取行動也無從下手。所以只能先等情報蒐集過來了。」

三栖先生的兒子——宏太應該已經回E-mail給純也了，甲賀小姐也應該備妥許多資料。只要等她一到店裡，純也也會馬上到。畢竟那小子就住在附近，一天可會在店裡出現好幾次呢。

「當然，如果甲賀小姐有收到三栖先生的任何聯繫，她會馬上打電話到店裡來。」

「趁這個機會，我看你也買支手機吧？」

「可能真的要好好考慮了。」

然後，還有一個人。

「橋爪先生說他工作結束之後，也會過來。我在電話裡跟他講完之後，他也說或許有些事情，是他幫得上忙的。」

點點頭，丹下太太露出怏怏不樂的表情。她說直到現在還是很苦惱，不知道該怎麼面對橋爪先生。其實，橋爪先生到店裡喝過好幾次咖啡，但丹下太太都不會主動跟他說話。雖然她說連自己都覺得，這樣肚量太小了，但我想這也是無可厚非。

「那他的工作呢？那個機構不是二十四小時的嗎？」

「那個機構制度很有規劃的，聽說輪班機制也很完善。吉村先生也有說過，現在那機構在東京應該算是數一數二的。無論對住進去的人，或是在那裡工作的人而言，環境都非常好。」

「這樣啊。」

「呼。」丹下太太吐了口氣後，接著這麼說：

「我先生啊……」

「嗯。」

丹下太太的先生，現在已經完全退休了，他說自己是靠年金過活的老頭，打算在附近租塊田來種菜，過著自給自足的生活。

「這幾年來他突然老了好多，健忘的情況愈來愈嚴重。」

「真的嗎？」

「是還不到癡呆的地步啦。只是上了年紀，腦筋變鈍了而已。可是啊，阿大。」

「嗯。」

「我就在想，或許不久後我就得辭掉這裡的工作，專心照顧我先生了。」

她又說：「阿大你也要有心理準備喔。」

「如果可以，我當然是希望妳可以一直待下去，但是妳說的我也有在考量啦。」

畢竟丹下太太再過幾年就七十歲了。儘管完全看不出來她有這樣的歲數，但是總有一天她會無法繼續在這幫忙。

「我已經決定好接班人了。」

「誰？」

「那還用問嗎？」她笑著繼續說：

「當然是步美啊。」

這次換我吐了口氣。

「丹下太太。」

「怎麼啦?」

我已經說過很多次了。

「妳就是這樣煽動步美,她才會不把目光轉向我以外的人啊。她應該也知道吧,我明年就要四十歲了耶。」

「吵死了,小鬼!我可是六十七歲了呢。不管年紀差距多少,人是沒辦法壓抑情感的,不是嗎?她是真的打從心底喜歡你,不管你怎麼說,反正我就是站在步美那一邊。應該是說,我是阻止她全裸衝進你房間,叫她先沉住氣的那個人。」

「她應該不會做出這麼不知羞恥的事情啦。」

「意思是她對你的感情,已經濃烈到這個地步了。而且阿大,你還真是個大善人耶。不但頑固還是個死腦筋,一般中年男子如果碰到女大生自己送上門來,通常都是先上了再說吧?」

嗯,或許是吧。

「但是,我可是從她國中就看著她長大到現在的耶。」

那個晚上,從組合屋二樓救出來的國中女孩。父親涉及犯法的那個女孩。實情爆發之後,她的家庭也毀了,父母親走上離婚一途,她也就跟著母親和妹妹,一起住在母親的娘家。

當然,她的母親很努力,而她自己本身也吃了不少苦。為了不讓妹妹傷心難過,也一直努力當個好姊姊。我就是這樣看她一路長大、走過來的。還會跟常來店裡的朋友，在她生日時做蛋糕慶祝，女兒節的時候叫她到店裡來玩，畢業或入學時也會幫她慶祝。

就這樣守護著她長大成人，我的心情就幾乎像是她的父親一樣。這麼說可能有點太誇張了，但至少也像是她的叔叔一樣吧。

「總不可能因為她現在已經是大學生了，當她說喜歡我，我就直接欣然接受吧。」

「真是個難搞的男人。」

丹下太太聳肩。

「先別說這個了，倒是三栖先生的事情……」

「喔！對耶！」丹下太太也點點頭。

「無論如何，因為也不知道何時會用到，你還是去買支手機吧。這點錢，你應該有吧？」

「嗯，是還買得起。」

「你看，像之前那個時候，因為還沒有手機，彼此要聯絡真是太麻煩了。」

這麼說來，的確。當時大概是這輩子，最常跑進電話亭的時候了。而如今，已經轉變成人手一機的時代，明明才十年前的事情，這變化卻讓人覺得恍如隔世。

「那就開店囉。」

嗯，也差不多了。雖然這麼說，對於可能身陷險境當中的三栖先生不太好意思，但這或許剛好是個買手機的好機會。

我並不是對電器類用品不熟，而是因為一直覺得不需要，所以各家業者推出的手機，我實在搞不太清楚哪個好。不過，我心裡倒是有個堅持，就是電器用品要買就要買最新款，所以就挑了台最新的。辦理的手續好像需要花一點時間，反正很近，就決定先回店裡，晚一點再過去拿。

雖然還不到很嚴重的地步，但咖啡店幾乎沒賺什麼錢，不過一到中午，店裡就會擠滿附近的上班族。大家都很喜歡丹下太太煮的番茄肉醬義大利麵。雖然菜單上還有其他義大利麵，但大家中午點的，幾乎都是這一道。

我回到店裡時已經過了十一點，此刻店裡已經瀰漫著濃濃的番茄肉醬香。座位上有兩組客人，而黑助則是待在自己的位子上睡覺。

「點餐都點好了嗎？」

「放心，都點好了。就只剩等等的餐後咖啡了。」

「了解。」

我走進吧台裡，在腰間綁上黑色的長圍裙。接著將排在吧台裡的四個虹吸咖啡壺的火都點到最大，然後倒入熱水。

這，是我每天的工作。如果中午套餐附的咖啡都一杯一杯地沖，根本來不及。尤其有些人午休時間很短，還會要求咖啡跟餐點一起上。為了能夠隨時端上咖啡，就都會像這樣先一起沖好。跟現沖的咖啡比起來，味道會稍微差一點，但這也沒辦法。

「歡迎光臨。」

一過了十一點半，客人開始陸陸續續上門。幾乎都是午休時間來吃飯的熟面孔，所以並不會很忙亂。大家都知道這家店裡，就只有我和丹下太太兩個人，所以他們都會跑到吧台來點餐，就連冰開水也都自己倒。

過了十二點，這家小小的店面差不多客滿的時候，步美出現了。

「歡迎。」

平時她很少在這個時間出現。而且還這麼不湊巧，店裡已經客滿。步美輕輕點了頭，像是在說她都知道，接著就直接繞到吧台的門口。

「我也來幫忙。」

「可以嗎？」

聽丹下太太這麼一問，她滿臉微笑。

「就因為是這個時間，所以我才想說過來幫忙的。」

到目前為止，已經請她幫忙很多次了。於是，步美伸手拿了掛在牆上的圍裙，穿上後就到外場去了。剛剛才正好提到步美，所以我和丹下太太互看了一眼，彼此苦笑。

步美用熟練的手勢拿著水壺，穿梭在座位間，幫客人們倒水、收拾空盤。

「今天停課嗎？」

丹下太太這麼問，她微笑點頭。

中午的忙碌，通常過了一點半就會閒下來。真的是一眨眼工夫，店裡的人就都不見了，不過接下來會換住在附近的常客上門，像是一些太太或是年長的客人，他們有的是來悠閒喝咖啡，有的則是比較晚來這裡吃午餐。雖然是間不怎麼賺錢的店，但上門的客人數，還足以讓我付丹下太太的薪水，也能自己買些喜歡的書或CD，以及在店裡時穿的俐落襯衫。

接近下午兩點，店裡也開始瀰漫著悠閒的氣氛，就在吧台的客人都離開時，我問：

「步美，妳午餐還沒吃吧？」

她露出淺淺的笑容。步美的笑容裡總是摻雜著些許傷腦筋的感覺，可能是因為她眉毛稍微下垂的關係吧。

「妳就跟阿大一起坐在吧台吃午餐吧。我來煮義大利麵給你們吃。」

丹下太太也不管我們要不要，就開始加熱番茄肉醬了。我坐到高腳椅上後，步美也有點不好意思地在我身旁坐下。

「雖然是剩下的。」

我伸出手，把虹吸壺裡剩下的咖啡倒到杯子裡，放在步美面前。當然，因為是剩下的，所以當作免費招待。

步美有時候會像這樣來店裡幫忙，但是她堅持不拿打工費，所以至少在店裡的伙食就算我的。我也倒了咖啡在自己的馬克杯裡，喝了一口，點上一根菸。雖然說每天都這樣，但一過中午時段，還是會覺得鬆了口氣。接下來，到晚上的這段營業時間就相當悠閒。

「嗯……阿大哥。」

步美把手放在吧台的邊緣，看著我。她動著嘴唇，遲疑著要不要開口。

「怎麼了？」

「其實，我今天來店裡之前，還先去了朋友的住處。」

「嗯。」

看步美猶豫的樣子，丹下太太把義大利麵放在我們面前後，也稍微歪著脖子看著她。

「我朋友這幾天都沒去學校。我很擔心是不是發生什麼事了，所以才過去看看。」

「她不在家嗎？」

步美皺起眉頭說：

「我覺得她應該在家，可是就是不開門。」

我和丹下太太對看了一下。「原來如此。」

「邊吃邊說吧。不然麵都要冷掉了。」

「好。」

當然，丹下太太也做了自己的份。她坐在吧台裡的老舊木製高腳椅上，手裡拿著叉子。雖然不到每天，但一星期當中，大概有四天的午餐就是這個番茄肉醬義大利麵。吃了這麼多年還是不會膩，到底是什麼原因呢？

「步美，把襯衫的袖子捲起來比較好喔，否則噴到醬汁就麻煩了。還有這個，塞在領口上吧。」

丹下太太遞了條全新的毛巾給她。

「啊，說得也是。謝謝。」

因為丹下太太這麼說，步美就解開白色襯衫袖子上的鈕扣，摺了幾折，再把毛巾塞進領口。

「後來呢？所以她是假裝不在家嗎？」

「感覺起來好像是，因為總覺得裡面有人。」
步美說，那位朋友的名字是七尾梨香，是大學裡同一學院的同學。從開學典禮那天認識之後，兩人的感情就一直很好。
「我們的個性很合，相當合得來。」
她稍微露出一點笑容說道。這麼說起來，她曾經帶過幾個國中或高中時期的朋友到店裡來，但這時我才發現，她上大學後就沒有帶過朋友來店裡。
「她是很認真的人嗎？否則一般大學生的話，多少蹺點課應該是滿正常的。」
我這麼一問，她點點頭。
「當然，有時候她會說要出去玩所以蹺課，這有發生過。可是，她從來沒有這樣連續翹課好幾天，到今天是第三天了。」
「第三天啊？那的確有點過頭了。」
丹下太太也微微點頭。
「第三天的話，所以是整整三天都沒去學校囉？」
步美輕輕搖頭。
「是整整兩天，今天是第三天。我早上去學校確定她今天也沒來，才去她的住處看看的。」
「這麼聽起來，她住得很近囉？」
「在上野。」
上野的話，那就很近了。步美接著說道，她是一個人住在父母親的房子裡，家庭關係有點複雜，並沒有感情不好，但出於某些原因，父母親現在住在另一個家裡。
雖然我沒有說出口，但我想她朋友那複雜的家庭背景，說不定就是她們倆感情變得這麼好的原因之一吧。
在過去那事件發生後，步美就有過度在意自己遭遇的傾向。簡單來說，就是太看輕自己了。雖然當初是父親觸法，但她卻也有過因為自己牽扯上犯罪，不能和在幸福家庭中成長的人相提並論的想法。
「該不會，就是妳昨天說，要去她家看看的那個朋友？」
「沒錯。」步美點點頭。就是因為這樣，昨天才也到店裡來吧。
「妳剛剛說感覺有人在裡面，是裡面有發出聲音嗎？」
「只是感覺而已。」
聽說那是棟舊式的社區大樓，面對外頭走廊的那面牆上有窗戶。窗戶的另一頭是一間和室，平常幾乎沒有使用，就像倉庫一樣。當然，窗戶是毛玻璃，而且白天也都是把窗簾拉上的。
「不過，窗簾有一小角是開著的。然後，真的只是我的感覺，我總覺得裡面有人在動。」
原來如此。我邊點頭邊吃著義大利麵。步美的直覺通常十分準確，如果她有這樣的感覺，那或許真的就如同她所說的。
「那我問妳……」
丹下太太稍微拿高叉子，一邊開口問：
「妳應該也不知道，她為什麼會假裝不在家的原因囉？」

「我完全不知道為什麼，畢竟我們也沒有吵架。最後一次見面時，也是我們倆放學回家前一起去喝茶，買了東西，互相道別之後就分開了。」

「那梨香有男朋友嗎？」

她稍微歪著頭。

「現在沒有男朋友。」

「妳說『現在』的話，就代表之前有囉？」

「對，但是聽說已經分手了。」

「那妳有見過那個前男友嗎？」

步美說，只有見過一次。

「同樣是我們學校的人，但我只知道他姓片岡。」

「有沒有可能，她剛好跟那男的在屋子裡啊？就是，那個嘛！喏？」

我知道丹下太太本來打算說出令人害羞的話，但還是忍住了，我不禁苦笑。而步美也有點臉紅，抿著嘴唇。

「這一點我也有想過，但是應該也不至於不回我簡訊，又不接我電話吧。」

「這樣啊。」

因為自己沒有使用手機，所以我完全沒注意到這一點。

「平常妳們應該會傳簡訊、通電話吧？」

「會。」

步美說，她們每天都會連絡。明明每天都會通電話，但兩天前卻開始音信全無。總覺得這件事似曾相識。丹下太太的眼神裡，也透露出同樣的想法。但我想，現在告訴步美三栖先生失蹤的事情還太早。在她心裡，當然認定三栖先生是她的大恩人。但她現在碰到朋友假裝不在家的問題，如果又告訴她三栖先生也失蹤了，應該只會徒增她的煩惱吧。

「那要不要跟她爸媽聯絡看看？雖然是大學生，但已經三天沒去學校，應該也可以跟父母說了吧？況且這種情況學校應該也不會處理？」

「對，除非是發生什麼重大的事情吧。」

我想也是。除非是犯了罪，否則無論學生做什麼，大學應該都是不會管的。

「可是我不認識她的爸媽。雖然他們也住在東京都內，但我不知道他們老家的電話號碼和地址。」

「這樣的話，就只能到學校的學務處去問了吧。」

「是啊。但是，他們會不會告訴我，又是另外一回事了。」

真是棘手啊。我們三人都吃完了番茄肉醬義大利麵。步美收拾餐具，說碗盤她來洗，但被丹下太太擋下來。

「那，既然這樣，阿大你就幫她去確認一下狀況怎樣吧。步美應該也希望你能幫忙吧？」

只見步美又是一臉傷腦筋的樣子看著我。

「你就到她的公寓去，稍微看一下啊。反正以阿大你的年紀，要說是梨香的爸爸，應該還勉強說得過去吧。」

「我這年紀，在這種時候倒是滿好用的。」

這樣的話，不就是高中時就有小孩了？

「反正就隨便跟管理人掰一下，說要借鑰匙之類的。」

「啊！不行。那是他們自己家。」

「原來是按戶出售的那種社區大樓啊？」

這麼一來就不能借到鑰匙了。步美一臉抱歉。

「當作是散步幫助消化也不錯啦。」

甲賀小姐還沒有跟我聯絡，這也表示，她還沒有收到任何三栖先生的消息。不到晚上，她那邊大概也無法採取什麼行動吧。

「好啊。反正我也要買東西，順便再去看看狀況如何吧。」

我還得去拿手機呢。

雖然我們先到手機的門市去拿電話，但因為盒子、說明書那些東西太礙事了，而門市裡負責辦理的人，正好也是店裡的客人，我就先將東西放在他們店裡，晚一點再回來拿。我只拿了手機，就走出門市。聽說他們還幫我充好電了呢。

「那我們來交換電話號碼吧！」

「好。」

步美露出微笑，看起來很開心的樣子。

「丹下太太的號碼，妳手機裡面也有吧？」
「有喔。」
「那她的電話也告訴我吧。」
我還順便請她告訴我三栖先生、純也、香世的電話號碼，存進我的手機裡。
「你雖然是第一次用手機，但卻很熟練耶。」
「雖然買手機是第一次，但我經常借純也，或丹下太太他們的手機來用啦。」
要去上野的話，搭日比谷線不用換車就可以到了。我們兩人搭上地鐵，走在人聲沓雜的上野車站。聽說走出車站後，到她朋友家要走五、六分鐘左右。是往新御徒町車站的方向走。這麼說起來，雖說這裡離北千住很近，但是我卻很少走在上野的路上。
在東京，無論走在哪個地區，我認為都有著一樣的氛圍。但也或許是因為我在東京出生長大，所以才有這種想法也不一定。正因為是同樣的氛圍，所以總覺得無論走進多複雜的街道，都不太會迷路。
「就在那裡。」
步美朋友的家，就在春日路這條大馬路旁的一條巷子上，是一棟七層樓的中型社區樓房。這一帶大概稱不上是住宅區吧。附近大樓林立，但還是可以見到社區大樓、普通公寓。不過，可能因為地緣相近的關係，街上的氣息似乎和北千住相仿。
走進一樓大廳，可看出確實是稍微老舊的大樓。大門並非自動上鎖，自動玻璃門直接在我們面前打開，接著進入眼簾的是一排信箱。

「有報紙嗎？」

「她沒有訂。我剛剛去看了一下，信箱裡面什麼都沒有。」

我也稍微確認了一下。信箱上只寫了姓氏〈七尾〉，沒有寫全名，看來應是相當謹慎戒備。

「她家在六樓。」

這裡有兩台小小的電梯，一走進去，就聞到機油的味道。不知道是否因為平時沒有確實保養，抑或單純是因為構造老舊的關係，在電梯裡就能聽到馬達的聲音。

電梯門打開後，眼前是一條綠色地板的長走廊。瀰漫著寂靜的氛圍。這邊的社區大樓大概都是如此，沒有喧鬧吵雜之處。就連走在走廊上，也要注意不發出太大的聲響。因為我只住過自己家，所以每次到朋友，或認識的人住的社區大樓拜訪時，總覺得哪裡很不一樣。會不禁心想，為什麼這環境如此沒有「生活」的氣息。

「就是那間。」

步美輕聲說道。從大樓正面可能看不太出來，但大樓的中央有個小小的中庭。走廊圍出一個四角形，而她朋友就住在四角形的其中一角。面對走廊的牆上確實有一面窗戶，而裡頭窗簾是拉上的，但看得出來有露出一點小縫隙。

我和步美交換眼神，接著按下門鈴。叮咚。我們也聽到門鈴聲在屋內響起，門鈴聲響不大。

我把耳朵貼在門上，豎起耳朵聽。

繃緊全身的神經，我集中傾聽任何細微的聲音，也注意屋內是否有人的跡象。

但是，沒有傳來任何聲響。

「梨香。」

步美對著門輕聲呼喊。

「我是步美。」

屋內沒有傳來任何較大的聲響，也沒有任何回應。我蹲了下來，推開門上的信箱投遞口。室內並非昏暗，所以我能看到裡頭有涼鞋和布鞋。但也只能看出都是女用鞋。

我先放開投遞口的推片，故意發出聲響。接著，我伸出一根手指，要步美往電梯的方向走。

步美先是納悶地歪著頭，接著馬上睜大眼點點頭，慢慢地朝電梯走。她只發出輕輕的腳步聲。

這時候，我又靜靜地推開門上的信箱投遞口。只能看到一點點玄關裡頭的景象。就在步美走到走廊的一半時，我看到一個影子走過。

那個影子是人的腳。

我無聲地關上推片。悄悄地站起，看著面向走廊的那扇窗戶。我等著看窗戶也許會被打開，但最後並沒有。不過，倒是看得出來窗簾在晃動。

搞不好，雖然從外觀看不出來，但其實從屋內可以稍微看到走廊也不一定。

我思考片刻。

這時步美一臉不安地在電梯前等待。我決定現在不需要硬來，暫時先按兵不動。我盡量不發出一點腳步聲，往走廊另一頭走去。步美正準備要開口，我馬上豎起食指放在嘴巴前，接著輕輕地將手放在她的肩膀上，告訴她，我們先走吧，接著按了電梯的按鈕。

踏出一樓大廳，我們沉默地走了一段路。直到走到從社區大樓完全看不到我們的死角時，我才停下腳步。

「怎麼了嗎？」

總覺得那對讓她看起來一臉困擾的眉毛，好像又更垂了。

「裡面的確有人。」

她稍微睜大了雙眼。

「果然有人！」

她垂下肩膀。大概是無法理解朋友為什麼要假裝不在家，感到難過吧。

「只是……」

「只是？」

「或許事情並沒有那麼單純。」

「什麼意思？」她雙眼又睜大了些。

「在裡面的人，我覺得是個男的。」

*

「如果阿大都這麼說了，那應該就沒錯了吧。」

「不過我沒有確切的證據就是了。」

從那屋子的構造來看，如果要走到那間靠近走廊的房間，我認為應該非得經過玄關前面不可。而那時候，對方應該也是聽到步美離開的腳步聲後，為了確認狀況才跑到和室去的吧。

「我確實有看到那個影子。」

「是男的吧？」

「大概是。」

那不像是女生的步伐。

「我看得並不是非常明確，所以也可能是比較男性化的女生也不一定。」

當我這麼一說，步美搖搖頭說：

「梨香是很典型的女孩子。」

「我這麼說並不是想讓妳更擔心，但是會那樣跑去查看外面的狀況……」

「就是因為做了什麼虧心事吧。」

聽到丹下太太這麼說，步美垂下肩膀，右手掌撐著額頭。之前三栖先生說過，步美的額頭很漂亮。

我看了一眼時鐘，時間已經超過四點了。雖然還不到天黑的時間，但是從中庭灑進店裡的陽光，顏色已有所轉變。

因為店裡沒有客人，所以黑助就跑到吧台上。不知道是不是想安慰煩惱的步美，牠悄悄地走近，還聞了聞她的味道。

步美抬起頭來，露出微笑，伸出雙手來要抱牠。黑助毫無抗拒地靠了過去，讓步美抱著，身體也蜷成一團。

「步美，都這個時間了，不回去沒關係嗎？」
「沒關係。」
她的話裡夾雜著嘆息。
「我已經先報備了，如果會晚點回去的話，就會先吃飽再回去。」
「既然這樣，那乾脆就今天住在我家，明天再回去就好啦。」
步美的母親、阿姨都完全信任丹下太太。步美至今也已經在她家住過了好幾回。
步美輕輕點了點頭。手撫摸著黑助，同時也若有所思。
「那麼，接下來要怎麼辦啊？阿大。」
「嗯。」
我嘆了一小口氣。雖然能做的選擇有很多。
「總之，既然到今天她已經三天沒去學校了，跟大學裡的學務處講，請他們跟家長聯絡，應該是最好的辦法了。」
丹下太太也點頭。
「這樣做應該是最好的。」
步美也抬起頭來。
「雖然還不知道情況，但就算她是和男朋友在一塊好了，繼續這樣下去也不是辦法吧。」
「是啊。」
丹下太太直截了當地說。

「不管她是發生了什麼事，缺席蹺課就算了，還讓好朋友這麼替她擔心。就算她多少覺得愧疚，這也絕對不是步美妳的錯喔。如果可以的話，妳現在就打電話到學校去吧，這麼做比較快。」

步美吐了一大口氣後，輕輕地把黑助放回吧台上。牠一副像是在說〈只抱這麼一下子就好了嗎？〉的表情，走了兩、三步後就開始舔起毛來了。

「我現在就來打電話。」

像是下定決心，她拿出手機，從高腳椅上下來。往店內走去。

「啊！等一下！」

我把手伸向喇叭，調低音量。迪・迪・布里姬沃特（Dee Dee Bridgewater）的歌聲也變小了。

「不好意思。」步美將手機拿在耳邊，一邊低下頭來。丹下太太點了頭後，就開始收拾杯子。話說回來，我突然想到好像還沒給黑助吃飯，於是走到吧台裡頭。

步美在店裡的角落，面向牆壁講電話。多多少少可以聽出她在跟學務處的人通話。

「阿大。」

丹下太太聲音變小地說。

「三栖先生的事情，要跟步美說嗎？」

我們倆偷偷瞄了一眼步美的背影。

「如果，她今天就這樣在店裡待到晚上，或者說她要住妳家的話，我們再告訴她吧。畢竟純也和甲賀小姐也都會過來，總不可能將她排除在外，瞞著她吧。」

「也是。」

「如果她等一下就回去了，那我們就暫時先不要說吧。」

正當我們倆都點頭達成共識時，步美的聲音突然變大。

「什麼？」

我們忍不住盯著她看，而步美也看向我們。從她的表情看來，像是在問〈怎麼了嗎？〉。

「是，是。」

她還在跟對方講話。一定是學務處的人說了出乎意料的事情。

「我知道了。謝謝您。所以，還是沒有辦法告訴我七尾同學爸爸的電話，是嗎？這樣啊。好的，謝謝。」

她把手機從耳邊拿開。一臉不安，看著我們一邊走向吧台。

「怎麼啦？」

「聽說……」

她一臉〈我也不知道〉的神情，還看了一眼手中的電話。

「前天學校有接到通知，說梨香身體不舒服，要請假一陣子。而且聽說是她爸爸打去學校的。」

「這是怎麼一回事？」

步美皺起眉頭。

「不知道到底發生了什麼事。」
「前天的話，不就是她沒去上學的第一天嗎？」
「是啊。」
「但在那前一天，妳們分開的時候，她不是還好好的嗎？」
「對啊。」她點點頭。
「看起來很正常啊，完全好好的。」
「阿大。」
丹下太太皺起眉來。這到底是怎麼回事？如果是她父親打電話到學校去，那就代表她已經回到老家了。
「一般來講，這種情況，都是媽媽打電話去學校吧？」
「沒錯。」
我們兩人同時點點頭。
「如果是我身體不舒服，應該會是阿姨或是媽媽打電話去學校。」
她說得沒錯。畢竟，通常在家中的都是母親。當然，有些也可能是雙薪家庭，又或者爸爸是家庭主夫。更重要的是……。
「這麼一來，在梨香家裡的男人，就有可能是她父親了。」
「事情怎麼愈變愈複雜了。」
丹下太太這麼說。

「如果是因為父親在家裡，而假裝不在家，那整件事情就顯得更詭異了。如果屋裡的人是男朋友，那倒還可以理解。」

「對呀。」

如果離家自己住的女兒身體不適，抽得了身的父親來到她的住處，還打電話通知學校，若是這樣就沒問題，是很正常的狀況。

但是，我完全看不出有需要假裝不在家的理由。

這一點，十分不尋常。

# 四

我和丹下太太對看了眼，馬上看出各自內心都在暗付：〈這是哪門子的巧合？〉

九年前也是這樣。妹妹美依奈跑來拜託我，幫忙找她的姊姊步美，同時，真紀失蹤了。而完全八竿子打不著的兩件尋人事件，其中卻有所關聯。

狀況相似。不過，細節卻完全不同。忘了是誰曾經說過：〈人生就是由不完美的偶然堆疊而成〉。

「阿大。」

丹下太太一臉擔憂，叫了我一聲。

「嗯。」

我點點頭說：「也好。」趁著事情還沒有愈變愈複雜之前，還是先把三栖先生的事情告訴步美比較好。畢竟要同時處理兩件事情，總是不太可能。

「你們……怎麼了嗎？」

步美也擔心地看著我。

「其實，三栖先生現在下落不明。」

「咦？」

我告訴她了。雖然她不是那種會到處亂講話的女孩子，但還是提醒她不要外傳。我跟她說，三栖先生現在失蹤，不過他有傳一則簡訊給同是警察的搭檔。而且傳來的內容還是〈給阿大〉。

「晚上的時候，那位甲賀小姐會再過來店裡。到目前為止……」

我看了一下時鐘，已經過了四點半了。

「甲賀小姐還沒有跟我聯絡，那就代表在收到那則簡訊之後，三栖先生沒有再跟她聯繫。所以，接下來必須跟她商量到底該怎麼找出三栖先生。」

步美很驚訝，認真地點了頭。

「請讓我也參與討論。雖然或許我什麼忙都幫不上，但緊要關頭時，如果需要，我至少還可以幫忙顧店。」

丹下太太看著我，聳聳肩。

「我就知道妳會這麼說。畢竟三栖老爺是妳的救命恩人啊。」

「是的。」

她抿起嘴唇。她的意志清楚且堅定。雖然平時給人很柔弱的印象，但其實骨子裡是個堅強的女孩。想當然，她會學法律，也是想將這份專業應用在未來的工作上，如果不是這樣，大概撐不下去吧。

「梨香的事情，我當然很擔心，但是我想只要我四處打電話詢問，應該就可以解決了。我不會再給阿大哥添麻煩的。」

那件事對我來講一點也不算麻煩，而且她說應該可以光靠打打電話就解決，我總覺得想得太過樂觀了。若是我猜想的沒錯，梨香的屋內一定有男人，而且說不定，就是他自稱是梨香的父親打去學校，然後還佯裝不在家。

如果是一般正常的父親，我不認為他會如此假裝，來讓女兒的好朋友操心。就算她父親真的做出這種事，那也應該有什麼非比尋常的事由。擱著此事不管，的確令人擔心，但現階段也束手無策。總不可能硬闖進去屋內。

「步美。」

「嗯。」

「妳打給同所學校的朋友，或是看有哪些人可以聯絡的，我覺得問到梨香父母親的聯絡方式，是目前最好的方法。」聽完我說的，步美點點頭。

「如果跟妳說，三栖先生的事情交給我就好，我想妳也沒辦法接受吧。甲賀小姐來店裡的時間，我想最快也要六點過後了。如果有客人在，我們也沒辦法商量，所以大概過了八、九點之後，我會提早關店，再來討論這件事。所以，妳先回家一趟好了。」

「這麼說也對。」

丹下太太也點點頭。

「留言或是留張紙條給妳阿姨，說妳可能會在我家住個兩、三天。順便也把換洗衣物帶過來吧。」

「我知道了，就這麼辦。」

已經不是第一次了，她只要下定決心，動作就相當迅速。平常她那很沉穩的氣息，一瞬間消失無蹤，所有的動作都變得很敏捷。她本來在國中、高中就都參加游泳社，是個十足的運動女孩。

「如果有什麼事，麻煩打我的手機喔。」

「我知道。妳也一樣，如果有掌握到梨香的什麼新消息，也打給我。」

「我會的！」

舞動似地穿上大衣後，她像一陣風般衝出店門。

「雖然她每次都這樣……」

丹下太太苦笑著說：

「但她整個人的氣質也差太多了。而且她自己好像完全沒有發現耶。」

「就是啊。」

純也也說她就像兔子一樣，明明平常很溫馴、動作很慢，但一旦出現什麼危機，動作就會變得飛快。不過，我們也聊過，希望她會這個樣子，並不是當初事件帶來的陰霾所造成的。

丹下太太一邊收拾，一邊嘆著氣。

「真希望三栖老爺趕快出現呀。」

但願如此。還有，希望步美的那位朋友也是。

甲賀小姐在七點過後走進店裡，坐到吧台的位子，臉色明顯看得出非常疲憊。說不定她昨晚徹夜未眠。又或者是，白天她必定是得執行例行工作，但前一晚為了三栖先生，要找出任何可能的資訊，所以徹夜研究了吧。

「要不要幫妳泡杯濃一點的咖啡？多加些牛奶，對胃也比較好喔。」

甲賀小姐露出淺淺微笑，並且點頭。

「麻煩你了。」

店裡還有客人在，所以不可能現在談三栖先生的事情。我開始泡法式咖啡。但我個人其實不太喜歡這種咖啡。

「我想純也應該馬上就到了。」

甲賀小姐點點頭。

「另外，還有一件事。真的很抱歉，還有一個叫加藤步美的女生也會過來。」

「步美？」

她一臉疑惑。可能因為昨天才跟她提起，所以還記得步美吧。吧台上沒有其他客人，所以我稍微壓低聲音告訴她：

「就是把三栖先生當成救命恩人的那個女孩子。」

我也告訴她，我會將三栖先生失蹤的事情告訴步美的理由。以及她的同學假裝不在家，陪她去確認過後，發現狀況的確不太尋常。雖然我很想再繼續協助調查，可是還有三栖先生的事情要處理。

「因為實在沒有辦法瞞著她處理三栖先生的事情。而且我可以保證她的人品，還有她口風很緊的。」

我把咖啡端到她面前。甲賀小姐一邊加牛奶，一邊微微點頭。

「如果弓島先生是這麼判斷的話，我沒有意見。」

甲賀小姐表示，她能拜託的人就只有我了。無論如何都想確認三栖先生平安無事，如果他身陷危險，希望能盡快將他救出。她的那股想望，我都深切感受到了。

如果把實際面臨的問題、所有事情都報告上司，請上司下令找出三栖先生，這樣應該比較快找到結論，況且這說不定涉及到性命危險，這樣做也可能較適當。但是，如同甲賀小姐所說，三栖先生雖然不是會開這種玩笑的人，但也不會眼睜睜讓自己被綁架走。

包括那則簡訊在內，一定有什麼隱情。這一點我可以確定。哐啷，門打開的聲音傳來，有個男人走進店裡。他穿著米色卡其褲，還有一件淡藍色的POLO衫。

是橋爪先生。

他微微點頭示意後，往吧台走近。停下腳步後，又再次點頭示意。

「你好。」

「不好意思，請你特地過來一趟。」

「這沒什麼。」

無論對誰都會開朗地喊出「歡迎光臨」的丹下太太，也只是輕輕點頭、微笑而已。甲賀小姐應該也察覺到這緊張的氛圍了吧，同時大概也發現了眼前的人，就是曾經被三栖先生逮捕，那個叫做橋爪的男人。又或者，說不定她已經在資料庫裡鎖定這個人了。

我用眼神示意，表示晚一點再介紹後，橋爪先生就在和甲賀小姐隔一個位子的高腳椅上坐下。而甲賀小姐也只是沉默地喝著咖啡。

「要來杯綜合咖啡嗎？」

「那就麻煩你了。」

有些緊張的表情和結實的體態，以及抬頭挺胸的端正姿勢、比光頭還要再長一點點的頭髮，還有他那禮貌、客氣的態度，若是初次見面，可能還會誤以為他是自衛隊或是什麼單位的人吧。

「工作還好嗎？」

我邊泡咖啡邊問，挺直腰桿，坐在高腳椅上的橋爪先生點點頭。

「幸好，今天六點就下班了，而且明天是大夜班。所以到明天傍晚之前，我都有空。」

三栖先生曾經說過，從沒看過有人能夠靠自己如此改變人生。他犯罪後便改過自新，更準確地來說，橋爪先生是只憑靠意志力，就決定了曾有前科的自己，未來人生應該怎麼走，並且一路堅持。

三栖先生說，其實，人是很隨便的。「這麼說可能不好聽，但是出乎意料地，人會隨便決定自己生活的方式。只要剛好適合自己，那就這樣吧，然後接受所有一切，度過一生。但是，橋爪不一樣。他可是極為隨便的男人，只要能輕鬆度日就好，他就是這樣。這一點，應該到現在都沒有改變。但是，他用自己的〈罪過〉，將他隨便的一面封印起來。他決定此生都要靠意志力，壓抑住隨便的自己。而他也已經在社福機構做了好幾年的看護工作。他曾經是個混混，而沉睡在深處那個隨便的橋爪，大概也不會消失。不過，現在的橋爪很了不起，就某種層面來講，我很佩服他。」三栖先生曾經這麼說。

橋爪先生對著隔了一個空位，坐在旁邊的甲賀小姐微微低下頭。甲賀小姐也做出回應。一個警察和有前科的人，之間到底隔了什麼，或許曾經被逮捕過一次的我，稍微可以理解。

「請。」

「謝謝。」

他依然挺直腰桿，喝了一口綜合咖啡。橋爪啊，他很喜歡咖啡。終於，他表情稍微放鬆了些。先是稍微將臉朝下，接著橋爪先生抬起頭來，看著前方，並沒有對著任何人，但壓低著聲音說道：

「三栖先生……」

甲賀小姐看著他的側臉。但橋爪先生依舊看著前方繼續說：

「他曾經跟我說，我不是要重新來過，而是改頭換面。」

改頭換面？

「他告訴我，要創造出自己全新的人生，時間和機會都還很多。我可以感覺出來，他不是隨口說說，而是打從心底為我著想，才說出這番話的。所以現在，我才能夠喝著好喝的咖啡。我很感謝他。」

雖然只是簡短的幾句話，但我想他應該是想讓甲賀小姐知道，他為什麼會來這裡。他想告訴她，他絕對不是隨隨便便，或是以半吊子的態度前來。

甲賀小姐也微微點頭。

「謝謝。」

坐在桌位的情侶站了起來，拿著帳單過來，所以丹下太太過去結帳。這麼一來，就沒有其他不相關的客人在店內了。確認那對情侶走出店門後，丹下太太說：

「差不多了吧？要現在提早關門嗎？」

「就現在吧。」

反正接下來這段時間，就算店開著，也賺不了多少錢。丹下太太走到外頭去關紙罩燈，正覺得好像有聽到她在外頭說話的聲音，就看到純也拿著紙罩燈進來了。

「謝謝惠顧。」

純也一臉笑咪咪的。甲賀小姐還特地從高腳椅上下來，對他點頭示意。在純也身後的是丹下太太，再後面則是步美，她提著稍大的波士頓包走進門。

「我們在外頭剛好碰到呢！」

純也說完，步美也露出微笑。

「橋哥，好久不見了。」

純也邊走邊打招呼。橋爪先生露出些許微笑，緩緩地低下頭示意。

純也都稱呼橋爪先生「橋哥」。他之前曾說過：「畢竟都認識了，以後也還是會往來，我還是用暱稱來稱呼他比較好吧。」於是，從此便擅自決定以橋哥稱呼。而橋爪先生，我總覺得他跟純也說話時，肩膀總會稍微放鬆些。純也年紀輕輕就能夠這麼細心，我覺得很了不起。

純也在餐桌的座位坐下。

「大家也過來吧。坐在吧台不好談事情吧。」

「那我來泡咖啡。」

「我來吧。我在這邊也聽得到你們說話，阿大你就過去坐吧。」

「橋哥，你就坐這吧。」

純也坐在窗邊，橋爪先生點了頭後，就坐在純也的旁邊。既然這樣，我就讓步美和甲賀小姐兩人並坐在純也對面，而我則是從旁邊的座位拉張椅子過來，坐在可以環視大家的位置，擔任這次討論的主持人。

我整理了到目前為止的來龍去脈。

甲賀小姐昨晚來到店裡，告訴我們三栖先生下落不明的消息。經過許多檢視與探討，確定三栖先生的確想要傳達某些訊息給我們。於是，甲賀小姐決定，暫緩向上司報告情況，並且也先不請求搜尋三栖先生。

三栖先生究竟想跟我們說什麼？想要我們做什麼？我想找出答案，而如果他現在身陷危險，我也想救出他。

而如今在場的各位，都是受恩於三栖先生，且了解私下的他。因此，我希望彼此能分享各自握有的消息，一起討論接下來應該如何採取行動。我大致說完這些狀況後，大家都點了頭。

丹下太太幫大家端來了咖啡，而她自己則是在吧台的高腳椅上坐下。

「首先要告訴大家，後來三栖先生沒有再跟我聯絡。」

甲賀小姐說。

「三栖先生所處理的案子當中，並沒有特別大動作的事情發生。這麼形容可能有點怪，但目前狀況很和平。當然，在看不到的地方，犯罪行為也可能正在發生。」

大家都點點頭。

「也就是說，假設三栖先生真的被犯人綁架，但目前也沒有任何跡象能證實，是吧？」

純也這麼問，而甲賀小姐點點頭。

「我雖然是屬於內勤，但我待的是所有情報匯集的部門。像是哪裡的黑社會幫派要進行大筆交易，但是目前沒有收到這類的消息。因為我沒有其他可以確認的門路或線民，所以目前只能了解到這些。」

一副不甘心的樣子，她輕輕咬了嘴唇。她剛剛說沒有線民，指的應該就是沒有如同三栖先生一樣，自己手上握有情報網的意思吧。

換句話說，從昨天至今，事情沒有任何進展。也就代表沒有什麼好討論的。

「我已經跟上司報告三栖先生有定期跟我聯絡了，他也沒有特別起疑。」

「唯獨這一點，我們還可以爭取一點時間吧。」

丹下太太這麼說。

「至於三栖先生的兒子宏太……」

純也開口這麼說。

「我寫E-mail婉轉地問了，後來也用電話聊了一下，聽說他最後一次跟三栖先生聯絡是兩星期前。說只是在電話上稍微聊了一下，並沒有發現什麼異狀。我騙他這是採訪，所以就問他跟三栖先生出去玩時，都去了哪裡，還問了不少問題，但是……」

「沒有任何收穫，是嗎？」

聽我這麼一問，他點點頭。

「宏太說他們會去原宿、秋葉原，但一點線索都沒有。三栖先生會一個人去哪裡喝酒，他也完全不知道。」

「唉，畢竟他只是國中生嘛。」

宏太不知道也是正常的。再說他大概也沒跟父親聊過這些吧。

「我去問了他的前妻由子小姐，一樣聽說是這兩個星期來都沒有見過面，也沒說過話。我想就是三栖先生跟宏太講電話那次之後，就沒有聯繫了吧。」

「這樣呀。」純也點點頭。

「針對最近的三栖先生，就我所知道的，還是沒辦法幫助了解整個事件。而且聽起來，前妻也沒發現到有什麼異樣。」

畢竟都是離婚十年以上的前任夫妻了，一般來說，也不太可能熟知彼此的近況。

「我們也是。」

我看著甲賀小姐。

「我們也沒有發現任何異狀，不好意思。」

甲賀小姐點了頭，吐了小小一口氣後，接著說：

「昨天那個叫做松木孝輔的男人，果然沒有猜錯。名片上的指紋也吻合，所以他就是實業組的組長，松木。」

甲賀小姐從放在桌上的信封裡，拿出紙張。大概是她印出來的資料吧，上頭有個男人的臉部照片。

「昨天看到的人是他，沒錯嗎？」

「嗯，沒錯。」

就是他。看起來像是個上班族的男人。

「不好意思。」

橋爪先生輕輕舉起手問：

「這個叫松木的人是？」

「雖然可能跟這次的事件無關……」

我告訴他，昨天晚上正好甲賀小姐在店裡時，這個男人來到店裡的經過。

「可能純屬巧合，但他來的時間點非常湊巧。」

橋爪先生稍微歪著頭。

「你知道這個人嗎？」

他點點頭。

「我曾經見過他一次。不過，那個時候他還不是組長。」

「有見過他的意思是？」

他抿了一下嘴唇，看著我。

「這會提到當年的事情，方便說嗎？」

他說的當年，就是那時候吧。當橋爪先生還是學生，卻在販賣非法藥物的時期。

「沒關係。」

我微微點了頭。

「其實，當初我會有門路買賣非法藥物，過程很簡單。我在留學的時候認識了外國人，東西是跟他買的。雖然我是個無可救藥的人，但我還了解經手非法藥物的危險性，還有如果被黑社會知道了，下場會有多慘。所以，這樣形容可能有點荒謬，但當時我只透過可以信任的人來買賣。」

他當時能夠長期沒被逮捕，可能就是因為行事謹慎。人們口中形容的處事圓滑，大概就是如此吧。

「儘管如此，消息可能還是慢慢地傳開來了。某一天，我在酒館裡認識了一個男人，他人很好，也好相處，我們很聊得來，就這麼喝在一起。後來聽說他本身是在經營酒吧，當天剛好是公休，叫我改天有機會再去他那裡喝酒。」
「那個男人？難道就是松木？」
聽純也這麼一問，他點點頭。甲賀小姐、步美和丹下太太都沒插嘴，只是靜靜地聽。
「那是個很普通的小酒吧，服務生只有一個人。他很歡迎我去，收費也很正常，並沒有敲詐我。但是，我……」
他停頓了一下。
「我自己講可能有點怪，但我當時的直覺滿準的。當下就覺得那地方不太妙，也覺得松木這個男人應該還有另外一面。當時我努力隱藏自己已經察覺異狀，只是很自然地跟他喝酒聊天，找了個適當時機離開。不過，當我一走出店裡，就馬上發現有人在跟蹤我。」
「跟蹤？」
他微微點頭。
「而且跟蹤我的人，感覺起來就不是什麼正派的人，會讓人覺得是混黑社會的男人。我猜他們跟蹤我可能是想知道我家在哪，因為很害怕，所以那晚我就跑到膠囊旅館住了。後來，我就直接去找不是黑社會，但同樣有在經手藥物的人求救。」
「這樣呀。」
純也輕輕敲了一下桌子。
「你去找的，就是〈芳野營機〉吧！」
「是的。」

原來他們之間是這樣的關係啊。

「芳野先生告訴我，松木這個人是混黑社會的，最好不要跟他走太近。後來，大概是因為我跑去找了芳野先生吧，松木也就沒有再來接近我。」

「那麼，你們兩個見面就真的只有那一次囉？」

「對，見面的話，就只有那一次。」

見面的話？橋爪先生看著甲賀小姐。

「甲賀小姐。」

「是。」

「針對松木先生，三栖先生握有他相關的情報嗎？例如他有在賣非法藥物之類的。」

甲賀小姐搖搖頭。

「完全沒有收到消息。松木的實業組是很小的組，他們的資金來源幾乎都是靠所謂的保護費。非法賭博、賭場是也有稍微在做，但他們不做一些招搖的事情。雖然用『務實』來形容他們很奇怪，但就是這樣的一個組織。」

「不過，他們是武力派的，對吧？」

我這麼問。是因為她之前好像有這麼說過。甲賀小姐也看著我說：

「松木會扛起實業組，其實是為了護住地盤。他們和死對頭的之本組地盤是相連的，所以不時發生一些小紛爭，是常有的事。雖然目前為止還沒有死過人，但是聽負責的同事說，那個地方就算發生什麼大械鬥，也沒什麼好奇怪的。」

「這麼聽起來……」
純也這麼問：
「也就是說，這位松木先生的組會是第一個被犧牲的棋子囉？一旦到了緊要關頭，就會要他們直接打進死對頭的地盤裡，但他們的死活，上頭的人根本不在乎，是嗎？」
甲賀小姐稍微歪著頭。
「我覺得聽起來感覺有些不太一樣，但大致上就如同你所說的。」
原來如此。換句話說，松木是身處兩派組織間紛爭的第一線。
「話雖如此，但從他的樣子實在看不出來呢。」
「的確。」
純也看著列印出來的照片，也點頭這麼說。
「其實……」
橋爪先生說道。
「我曾經從三栖先生的口中，聽過松木先生的名字。」
「真的嗎？」
甲賀小姐顯得有些驚訝。
「大概是兩、三年前左右的事情了。三栖先生來找我，問了一些事情。他當時問我在以前念的大學裡，還有沒有認識的人，或是跟學校還有沒有什麼聯繫。」
「大學？」

他微微點頭。

「他沒有說得很清楚，但我想應該是跟學生的非法藥物犯罪有關。我當時回答他，因為我已經斷絕所有的關係了，所以跟學校裡的人也沒有任何關聯。三栖先生說：『如果是這樣的話，那就好。』接著，他就提到松木的名字了。」

「為什麼呢？」

「他告訴我，松木當上組長了，而且到那個時候他都還記得我的名字，所以叫我要小心一點。我當時在想，可能因為是我被逮捕之後，有說出松木這個名字的關係，所以三栖先生才記得這個名字，並且還提醒我，要我小心一點。但是……」

他看著我。

「這麼說來……」

這一點確實很奇怪。

「就甲賀小姐所知道的消息當中，松木先生並沒有跟非法藥物有關的情報。可是，從剛剛聽到橋爪先生說的來看，松木先生又好像從很久以前，就跟非法藥物扯上關係了，而且兩、三年前，三栖先生還曾經主動提起這個名字。」

「也就是說，在三栖先生握有的情報裡，早就有松木這個人的名字存在囉？」

純也這麼問。

「應該是這樣。」

甲賀小姐也皺起眉頭。

「這樣說來的話，昨天松木到店裡露臉，果然不是巧合了。」
「或許跟三栖先生下落不明有些什麼關聯。」
可是，這關聯又是什麼？
「橋哥的母校——M大學，我記得好像跟步美念的是同一間吧？」
「沒錯。」
步美有些驚訝地睜大了眼睛。這麼說起來，之前好像也不曾提起這件事吧。
「那就是我的學長囉？」
橋爪先生露出淺淺的微笑，搖了搖頭。
「當沒這回事吧，我可是個無可救藥的學長。」
「這麼說起來的話，阿大哥，這不就代表兩、三年前的時候，步美的學校裡就有跟非法藥物有關的事情發生了嗎？」
「有可能就是這樣呢。」
步美又再次露出震驚的表情。
「不知道有沒有什麼相關的情報呢？甲賀小姐。」
甲賀小姐點點頭。
「很遺憾地，我的記憶中是沒有。不過，我明天會再去查資料確認。」
「雖然很不想往這個方向想，但搞不好是又有學生開始為非作歹了。所以三栖老爺為了調查這件事情，才去問了過去也是念那所大學的橋爪先生吧。」

丹下太太這麼一說完，橋爪先生也點點頭。

「大概，就是這麼一回事吧。弓島先生。」

「是。」

「其實，我現在有認識的人在那所大學裡。」

「真的嗎？」

「是的。」他點頭說。

「我也是最近才知道的，我以前的同學當上了助理教授。是在學時跟我很熟的男同學，所以我也可以去問看看學校裡的狀況。就算三栖先生當初並非以正式的程序去拜訪，但如果他真的去過學校調查的話，搞不好我那個同學會聽說些什麼。」

「說得也是，這是個好方法。」

純也附和。這確實是一個好辦法。

「幸好，那個助理教授好像知道我一路是怎麼走來的。雖然當時他是透過別人轉達，但他也說如果有什麼需要幫忙的地方，可以跟他聯絡。所以如果我去找他，問他學校裡有沒有像我以前一樣的壞學生，他應該也不會起疑心吧。如果需要我去問的話，我明天就過去學校一趟。」

他看著甲賀小姐。而甲賀小姐看著我。

「這樣子啊……」

我想了一下。這只不過是去拜訪在母校當助理教授的同學。而且橋爪先生現在也是個正正當當的社會人了，應當是不會造成什麼麻煩。

「那麼，可以麻煩你嗎？現在無論是多小的情報，都很可貴的。」

「我知道了。」

「不好意思。」

步美開口了。

「如果是這樣的話，我也去問問小組的教授好了。再怎麼說，我們是法學院，對犯罪也比較了解。如果我們學校真的有這類的傳言，也許教授也會聽到一些風聲吧？」

「啊！這樣的話，那我跟步美一起去問好了。」

純也這麼說。

「畢竟，只是單純針對那個問題去問的話，如果到時候教授覺得步美很可疑或什麼的，那也麻煩。如果我一起去，只要說是為了寫遊戲腳本的採訪就好了啊。搞不好那個教授也知道我製作的遊戲的話，那事情就好辦了。」

「啊！那位教授很喜歡遊戲。說不定會知道喔。」

「很好，那就這樣吧。」

丹下太太點頭，大力贊成。

「你的工作也有派上用場的時候嘛。」

正當我打算總結的時候，突然響起電子音樂。

「啊！」

甲賀小姐快速地從包包裡拿出手機。原來是手機的來電鈴聲呀。甲賀小姐的身體呈現緊繃狀態，就連按手機上的動作，都顯得著急。
「是三栖先生傳來的！」
大家都靠了過去，看著那小小的手機螢幕。
「上面的內容是〈給阿大，淳平他們過得好嗎〉。」
甲賀小姐唸完之後，看著我。
「妳說什麼？」
甲賀小姐將手機的畫面拿給我看。
〈給阿大，淳平他們過得好嗎〉
淳平？
「為什麼會提到他？」
丹下太太提高聲音問道。
「我不知道。」
是為什麼，淳平的名字會在這時出現？三栖先生到底想說什麼？
「淳平先生是？」
甲賀小姐露出不解的表情，橋爪先生也歪著脖子。
「他是我大學時期的朋友。」
當然，丹下太太知道他。純也小時候也見過他，還曾玩在一起。而步美則是聽我提起過他。
大野淳平。他現在是劇團演員，就住在橫濱。當時我和淳平、和良、人志、真吾五個人，就住在這個家裡。

雖然用到這個字眼有點害臊，但我們是非常好的兄弟。

「他們跟三栖先生也很熟嗎？」

甲賀小姐這麼問。

「不，他們連見都沒見過。」

不過我倒是有跟三栖先生提過他們。這麼說起來，之前在家裡跟三栖先生兩個人一起喝酒的時候，剛好淳平打了電話過來，所以他和三栖先生有講過電話。

「從此之後，三栖先生也開始喜歡起舞台劇了。」

「他的確很喜歡。」

甲賀小姐也點點頭。

「不過，內容只有這些。」

大家的神情更添疑惑。

「這個……」

純也指著甲賀小姐的手機，接著這麼說：

「這真的是三栖先生傳的嗎？不管怎麼想，都覺得很奇怪耶。」

「的確很怪。」

明明都已經下落不明了，還只單單傳來簡訊。再者，內容還指名是給我。橋爪先生雙手交叉在胸前沉思著，而甲賀小姐也皺起眉來。

「這到底是什麼狀況啊？完全想不透耶。」

橋爪先生這麼說。的確，所有事情都很曖昧不明，沒有任何線索可循。

「我覺得……」

步美開口了。

「我倒不是因為純也哥在場所以這麼說。但是我覺得，先不要去想到底是誰傳來的，而把這個當作是遊戲的提示，大家覺得有沒有這個可能呢？」

「提示？」

她微微點了頭。

「單純地把這當成是某人傳來的提示，而且還是給阿大哥的提示。」

「這樣呀。」

純也彈了一下手指。

「是為了讓遊戲繼續進行的提示嗎？現在三栖先生不見了，他到底到哪裡去了呢？第一個提示是〈給阿大〉，可見這個問題是針對阿大哥的，『為了救出三栖先生，只能靠阿大哥採取行動了。準備好了嗎？』這樣？要查出是誰，為了什麼目的才這樣做，之類的。」

這樣啊。

「搞不好，那個人也知道三栖先生超級喜歡玩遊戲的。」

「沒錯，說不定這就是這次事件的其中一個設定？繞了這麼大一圈，就是為了合乎設定。而第二個提示，就是〈給阿大，淳平他們過得好嗎〉。這麼一來就能夠確定，這是接著給阿大哥的提示了。之後若是還有簡訊傳來的話，一定也都是給阿大哥的。」
原來如此。
「這樣的話……」
就只能靠我來解題了。解開這些提示。
「也就是說，『淳平他們』就是這次的提示嗎？」
「他們，也就是複數呢。換句話說，指的就是淳平哥、和良哥、人志哥和真吾哥他們。」
「的確是。」
不過。
「我不覺得他們跟這件事有關啊。」
我這麼一說，純也也點點頭。
「就是說啊。畢竟淳平哥他們，也只有大學的時候住在這裡。」
丹下太太也點了頭。更何況就連夏乃的事，他們幾個人也不知道細節。畢竟那件事我也不想多說，而且畢業之後，大家回老家的回老家，去其他城市工作的也離開了，各自分飛。雖然有時候會通電話，或是會和住在橫濱的淳平見面，但是從那之後就沒有五個人聚在一起過。
「就只是單純大學時代的好兄弟吧。」
丹下太太這麼說，還一邊點頭點了好幾下。
「等一下！」
突然間，腦海中的回憶突然浮現。

「怎麼？」

純也問。

那是什麼時候的事情了？三栖先生剛搬過來這裡住的時候嗎？我是什麼時候提到大學時跟四個朋友住在這個家裡的？

我想起來了，這事我已經不知道跟三栖先生說過幾次了。

然後。

「三栖先生當時這麼說……」

「說了什麼？」

「他說：我也有過同樣的年代啊，大學時期我也是有可以推心置腹的兄弟呢。」

他當時的確這樣說過。

「他雖然沒有跟我說到細節，但是有提到過，他至今還是很後悔，現在已經跟對方疏遠了。」

「後悔？」

丹下太太這麼問。

「這是什麼意思？」

甲賀小姐這麼問。

「這個部分他沒有解釋。他只說這不是可以跟任何人講的事情。但我可以確定他跟我提過，他也曾經有個能夠分享所有事情，甚至可以稱為是好兄弟的朋友。」

一個叫做松木的人。
不會錯的。
「他說，那個朋友就叫做松木。」
「真的假的？」
純也很驚訝。
沒錯，真的是這樣。
三栖先生說過曾經稱兄道弟的人。
而那個人，就是松木。

## 五

甲賀小姐睜大了眼睛，接著抿起嘴唇。
「我再去查查看。你說是大學時期的朋友，對吧？」
「我記得他應該是這麼說的。請等一下。」
我開始沉思，喚起當時的記憶。我感覺得出來，大家都屏息看著我。三栖先生在那個時候，
嗯……連是哪個時期的事，記憶都很模糊了。
那到底是什麼時候？兩年前？還是三年前？又或是更久以前？

「我想起來了。」

我不禁開始喃喃自語。當時純也和香世高中畢業，所以已經是七年前的事情了。那個時候，也是步美的事件解決之後兩年。某天正好三栖先生比較早回來，隔天又剛好休假，所以晚上關店之後，就在店裡慶祝純也和香世畢業。

當時還替他們做了蛋糕，大家一起吃吃喝喝，一如往常般開心聊天。結束後，我就和三栖先生兩人在房間裡喝酒。

一旦上了年紀，大家都會感嘆時光飛逝，當時我們也一邊如此感嘆，悠悠地喝著酒。

「就在這個時候，淳平打電話過來。」

他打電話來也沒有什麼事，只是臨時起意。淳平當時也喝了點酒。因為他也知道純也，所以還說著：「那小鬼也高中畢業啦？」淳平還說為了揣摩角色，從以前就很希望有機會能跟刑警聊聊，所以我便將電話拿給三栖先生聽。

可能因為他們都喝了酒，我看三栖先生也跟他聊得很愉快。三栖先生會問淳平在劇團裡的演員生活是如何度過，而淳平則是針對刑警的生活問東問西的。

就在掛掉電話之後，三栖先生說了這番話。

「朋友啊，真是不錯。」

他邊喝著酒，一邊感慨地這麼說。

*

「你有朋友嗎？」

「你很沒禮貌耶！」

我笑了。

「誰叫你，這幾年來你除了工作，幾乎都待在這個家裡不是嗎？你不就也跟我一樣？」

「這麼說來也是啦，但如果是這樣的話，你也變成只有我這麼一個朋友喔。」

「沒在怕的啦！彼此彼此。」

這麼一想，我和三栖先生都不是喜歡外出的人。如果沒有需要，整天關在家裡，也不覺得有哪裡不方便。或許這一點我們還滿相像的。

三栖先生吐了大大的一口氣，接著點上一根菸。

「淳平他們……」

「嗯。」

「是你在學生時期最好的朋友。同樣地，我曾經也有這樣的朋友，在他面前可以完全做自己，還可以稱兄道弟。」

「我那朋友叫做松木。」他當時提到那位朋友的姓，還一臉懷念地露出笑容。

「我們從高中開始就一直玩在一塊。不知道為什麼，就是很合得來，所以經常一起混。」

「這樣啊。」

因為很少看到他露出那樣開心的笑容，所以我當時也想，他們從前感情應該真的很好。

「念大學的時候，別看我這樣，我那時可是風雲人物。辦過很多活動，召集了一堆人，大家都說我有生意頭腦呢！還只是個學生的時候，就開了間公司。」

「真的嗎？」

我實在無法想像。不過聽他這麼一說，從他行事謹慎俐落這一點來看，或許跟生意頭腦是有關連的吧。

「那麼，當時就是跟那位朋友一起經營公司的嗎？」

「沒錯。」

「沒錯。」他說了兩次，接著吐了大大一口煙。

「唉，不過現在我和他已經變成敵人了。」

「敵人？」

他苦笑著。繼續喝酒。

「這是年輕時的遺憾啊。到現在還變成了刺，扎在心裡某處。」

他的笑容裡帶著些許遺憾。「人生難免，就是會伴隨著這種事。」

＊

「原來如此啊。那他說的那根刺，是跟那叫松木的朋友發生什麼事了嗎？當時他有說嗎？」

丹下太太問道。

「沒聽說耶。而且這件事就只有提起過那麼一次而已，從那之後，三栖先生就再也沒有提起學生時代的事情了。」

他並非是封閉內心，或是冷淡無情。真要說起來，其實他是相當親切、好相處的人。不過，就是很少主動提起自己的事情。

「那麼，如果三栖先生那個叫松木的大學朋友，跟昨天來店裡的那個黑道頭兒松木是同一個人的話……」

純也邊將雙手交叉在胸前，開口說道。

「那三栖先生就是被那個松木先生給綁架了嗎？」

步美接著純也的話這麼說。

「這，可是……」

橋爪先生開口了。

「如果是這樣的話，事情說不太通啊。綁架刑警這種事，是重大的犯罪行為。我認為就算是黑社會，又就算他們兩人曾經是朋友，這也不是能說做就做的事情。如果真的是這樣，那麼松木先生特地出現在這裡，而且還傳這則簡訊過來，就很明顯跟前面說的相互矛盾啊。」

他一邊說，一邊看著甲賀小姐。甲賀小姐也點點頭。

「我……」

她舔了舔嘴唇。

「說來慚愧，畢竟我是幾乎沒有現場辦案經驗的內勤人員，不過黑社會綁架現職的刑警，的確是非同小可的大事。就算去調以前的資料出來看，恐怕也沒什麼這類的案件。即使有發生過，畢竟是重大案件，松木若是犯人還到店裡來，這件事就顯得相當奇怪。」

「而且簡訊還是寫給阿大哥，這一點也很可疑。」

結果，又回到了原點。

總覺得不大對勁。

說來奇怪。

所有現在掌握的情報，可以組成好幾種可能，但一連接起來，卻又都相互矛盾。

「不過，至少有往前一步了。」

坐在高腳椅上的丹下太太這麼說。

「雖然松木並不是什麼少見的姓氏，但是突然到店裡來的黑社會組長，和三栖老爺的好兄弟剛好同姓，這應該不是單純的巧合吧。很顯然，這兩個姓松木的就是同一個人，而且跟三栖老爺失蹤一定有什麼關係。」

「的確是。」

「而且，剛剛步美不是也說了嗎？不要去想其他無關緊要的事情，總之就靠簡訊上的提示來找人。〈淳平他們過得好嗎〉這個提示，就是要讓我們聯想到〈阿大和淳平他們〉是好兄弟，而〈三栖老爺和松木〉也是吧。」

「也就是說，不要去想那些消息是怎麼弄到手的，這些想也想不透的事情就先不要管，是嗎？」

橋爪先生這麼問，丹下太太也直接看著他點了頭。

「沒錯。所以就先去查查松木吧。阿大，現在只能這麼做了。」

「嗯。」

「只有這個辦法了。」甲賀小姐說：

「那麼，我現在馬上回署裡一趟，再調查一次實業組松木的底細。這裡的資料上並沒有寫他過去念的大學等資訊，而且連松木孝輔是大學畢業，還跟三栖先生是朋友，這些消息我都是第一次聽到，所以我會盡可能調查看看。」

純也舉起手來。

「確認一下，三栖先生念的是H大學吧？我有很好的朋友也是念那裡。」

「我也是。」

步美也用力地點頭。

「只要到學校去，應該可以找得到畢業生的資料吧？明天我再想辦法確認，三栖先生和那個松木，是不是念過同一所大學。這麼一來就能確定是不是同一個人了吧。」

「這樣的話，那明天我們到我學校問完之後，就可以直接去H大了吧。」

「妳可以嗎？」

「我……」橋爪先生說：

「明天我也跟純也先生一樣去M大，今天的話，我就稍微去探聽一下松木先生的事情好了。」

「探聽？有人可以探聽嗎？」

聽丹下太太這麼問，他點點頭說：

「說來奇怪，可能在已經金盆洗手、腳踏實地生活的人之間，就是有緣吧。我認識幾個脫離黑社會的人。也許他們知道松木先生是個怎樣的人，我再去問看看。因為他們都已經過著一般人的生活，所以就算我去問了，應該也不會惹來什麼麻煩事。問到的消息，雖然可能無法當作找人的線索，但至少可以收集到有關松木先生的情報，我想應該不至於徒勞無功。」

「如果是這樣，那就沒問題了。」

我覺得，丹下太太對橋爪先生的態度，似乎有些軟化。

「那我也再打一次電話給三栖先生的前妻。如果是學生時代的事情，她一定有聽說過些什麼。我記得三栖先生好像說過，他和前妻在學生時代就認識了。所以說不定她以前也見過松木這個人。」

我這麼一說，大家都點了頭。

「明天，大家只要有掌握到什麼消息，就請打電話或傳簡訊給丹下太太。還有……」

這件事情一定要先說在前。

「絕對，不要冒險！只要稍微感覺到異樣，就不要再繼續查了，馬上回來。如果，黑社會的人或其他危險人物真的有動作，就馬上跟甲賀小姐聯絡，請警察來處理。大家都記住了嗎？」

「我知道了。我會好好當步美的保鑣的，阿大哥你放心。」

「那就拜託你了。」

對於純也，我是一點都不擔心。他腦筋靈敏，身手也好。以現在聚集在這裡的人來看，他無疑是當中能力最好、最強的人。

「橋爪先生。」

我看著他，他也微微點頭回應。

「我知道。」

他一度抿起嘴唇。

「我是因為三栖先生和弓島先生，才得以重生的男人。我發過誓，我不會再一頭栽入危險的事情，也不會再糟蹋自己。我會調查到傍晚左右，去上班之前我會先到這裡報告狀況的。」

「麻煩你了。」

甲賀小姐回到署裡，橋爪先生也前去找他的朋友。如果他們今晚有掌握到任何消息，會馬上與我聯繫。

純也、步美和丹下太太同坐在吧台邊，而我則是泡著咖啡。剛剛大家在討論時，黑助一直待在牠專屬的椅子上睡覺，現在倒是站起身，朝吧台走來，在大家中間坐下。

這隻貓十分聰明。雖然通常可能不會這麼形容，但我總覺得牠很明事理。步美笑盈盈地抱起黑助，而牠也溫順地窩在她的懷裡，瞧牠那一臉滿足的神情。

「如果是第一代黑助的話，就能夠靠牠聞出三栖老爺的下落了。」

丹下太太說著自己也笑了。這隻貓黑助也很喜歡三栖先生。三栖先生也因而開始喜歡動物，只要跟黑助在一塊，就會認真地陪牠玩到連時間都忘了。

「那也要跟三栖老爺的前妻說明事情的經過嗎？畢竟你要把過去的事情拿來問東問西的，她應該會起疑心吧。」

丹下太太這麼說。

「不，這個部分還是先隱瞞。」

畢竟無從得知狀況會如何演變。

「牽扯上的人還是愈少愈好。所以，跟由子小姐說的時候，嗯……如果說是因為三栖先生要結婚了，你們覺得如何？」

「結婚！」

純也笑了。

「雖然撒謊不太好，而且對甲賀小姐也不太好意思，但是就先借用一下甲賀小姐的名字吧。告訴由子小姐，三栖先生有這樣一個對象，她畢竟是刑警的前妻，相信口風也是很緊的。就說是因為三栖先生不太談以前的事情，所以甲賀小姐有些不安。例如，有一位松木先生據說是以前三栖先生好兄弟，但也幾乎不太提。就像這樣掰出一些理由，或者是……」

我自己想著都不禁苦笑。

「就說正在準備婚禮上的驚喜，所以正在查三栖先生以前的朋友，諸如此類的。」

「驚喜？好不適合他喔！」

純也再次爆出笑聲，連步美和丹下太太也露出了些許笑容。其實，現在的狀況，一般來說應該是笑不出來的，但我們現在尚未有事態嚴重的認知。因為就現狀來看，我們根本毫無頭緒。如果現在只有我獨自面對，可能氣氛會更為陰鬱吧。

因為如此，我慶幸有純也在身邊。以前三栖先生也曾說過，無論純也從事什麼職業，他都是會掀起波瀾的人物，這種人無論在任何場合，都是相當可貴的人才，未來能成為大人物也不一定。

我把所有咖啡端給大家，接著就用店裡的電話撥給由子小姐。大家也邊喝著咖啡，邊豎起耳朵聽。

三番兩次撥電話過來，真的非常抱歉。其實，是因為三栖先生可能要結婚了。聽了我脫口說出的謊言，由子小姐很是驚訝。不過，當提到對方是一位叫做甲賀小姐的警察時，由子小姐也覺得可以理解。她還說，這樣的對象可能也比較適合三栖先生。

「那妳有認識他在學生時代的好友嗎？我們正在考慮也要請他的老朋友來幫忙呢。」

電話的另一頭，由子小姐：「嗯……」，思考了片刻。

（其實，他也有討厭跟人相處的一面，所以好像沒有什麼朋友耶。我們的婚禮，他的朋友也幾乎沒有來參加。）

「真的嗎？」

（如果說到結婚，又是三栖見到會開心的人，我想應該是美知子小姐和松木先生了吧。）

松木。

這名字出現了。

「這位松木先生是？」

（聽說是從高中時期就認識的同學，還念同一所大學。好像是他最好的朋友，但是婚禮當天，松木先生據說是出國了，所以沒能來參加。不過，很不好意思，我也沒有他的聯絡方式。）

「這樣呀。那位美知子小姐呢？」

（是三栖大學的同學，也是松木先生的女朋友。啊！不過聽起來就像是同居人，實質上是夫妻關係，但是並沒有入戶籍。婚禮好像也是她代替松木先生出席的。我還記得很清楚，她和三栖也很熟呢。）

不過，聽說三栖先生還沒離婚的那段期間，他們倆從沒到三栖先生家拜訪過，三栖先生也不曾和他們見面。這點和三栖先生說的話吻合。那位松木先生雖然曾經是三栖先生的好兄弟，但之後卻關係疏遠。

「那麼，要找到他的機會很渺茫囉。」

我還是得繼續演，裝作正在找能夠在婚禮幫忙製造驚喜的老朋友。

（是啊。可能除非問三栖本人，否則真的不知道他們的聯絡方式。如果要說其他朋友，說實在，我真的不清楚耶。因為他現在最好的朋友，應該就是你了吧。）

「那還真是我的榮幸。那麼，那位美知子小姐的全名，還有寫法，妳知道嗎？」

（嗯……），由子小姐低語。

（對不起，我真的想不起來。她是姓什麼來著？啊！不過美知子的話，美是美麗的美，知識的知，子則是孩子的子。三栖每次也都沒講稱呼，老是『美知子，美知子』地叫。還是你趁三栖不在家的時候，去他房裡找找看呢？說不定會找到什麼線索。）

「這樣我又會被抓走喔。」

我們倆都笑了。有關以前的事，如果是由子小姐，我們還能夠這樣開玩笑。在這之後，我們又稍微閒聊了一番，接著掛上了電話。

步美很努力記著筆記，可能是我剛剛通話的內容。

「唯一的收穫，就只有『美知子小姐』這個人啊？」

丹下太太這麼說。

「是啊。還有三栖先生的確有個好兄弟叫做松木，而美知子小姐，實質上是松木的太太。」

「實質上是？」

步美這麼問。

「由子小姐看來也不是很清楚，但應該是沒有入戶籍，可是實際上兩個人是住在一起的吧。而且她也不知道美知子小姐姓什麼。」

「嗯，不過。」

純也這麼說。

「那個人也是他們大學的同學吧？」

「聽起來好像是。」

「既然這樣，那就想辦法弄到三栖先生那一屆的畢業紀念冊，找出所有叫〈美知子〉的人就好啦。應該不會有十幾二十個人這麼多吧？」

「應該吧。」

「嗯……」丹下太太雙手交叉於胸前。

「可是這樣看來，三栖老爺也是過得挺寂寞的呢。這男人也真是的，緊要關頭卻沒一個聯絡得上的朋友。」

「可是啊……」

我還是要替三栖先生說說話。

「本來就是這樣啊。活了三、四十年，真的會常聯絡的朋友，本來就會愈來愈少啊。朋友不減反增才奇怪吧。」

「但你不就很多朋友嗎？而且還有愈來愈多的趨勢？」

「那是因為我是做服務業的，而且又一直住在這裡的關係啊。」

打從出生後就一直居住在同個地方的男人，出乎意料地，我想應該可以當作是稀有動物。確實，我回想起以前的同學，從小到現在都住在這裡的，就只有誠人和我了。

「我會不會也變成這樣呢？」

純也接著這麼說：

「住家裡真的是很輕鬆方便呢。」

「你過得太輕鬆了。至少也要一個人出去住住，體驗看看現實世界的殘酷。」

剛好此時，黑助「喵」地叫了一聲，讓大家笑了出來。

如果沒有發生三栖先生失蹤的事情，這又會是個平凡的夜晚。就這樣讓咖啡香圍繞，一邊跟黑助玩，聊著無關緊要的事，任時間流逝。

我看了一下時鐘。不知不覺當中已經快十點了。

「今天就到此為止吧。」

「也好。」

回到各自的居處，大家好好睡一覺，明天再集合。雖然很擔心三栖先生到底發生了什麼事，但還是要養精蓄銳，維持體力和精神。

純也返家，步美則是借住在丹下太太家。我關了店，走上店內的樓梯，回到自己的房間。

從前二樓有隔成好幾間房，但在改裝成店面時，就改成隔兩間房，一間是寢室，一間則是我的房間。而且這個隔間還只用窗簾隔開而已，所以實質上只有一間房。裡頭還有廁所、浴缸、廚房這些設備。

當然，黑助也跟著我一起上二樓。這裡就沒有牠的固定座位了，隨牠開心要在哪裡睡，要在哪裡玩。牠剛來到這個家時，似乎很討厭第一代黑助的味道，總是一副對這裡不甚滿意的樣子，但如今也倒是完全當成自己家了。

再更年輕時，我習慣大聲放音樂，但這幾年倒是不太這麼做，而是安靜地度過夜晚時光。我能聽到的，就只有偶爾路過的車聲，和黑助睡覺時的呼吸聲或叫聲。

書桌旁的藤椅上，一直披著一件淺藍色的女用針織外套。

那是步美的外套。

很久之前，她來這裡作晚餐的時候，將外套披在這就忘了帶走。等她下次到店裡來時，雖然我有提醒，卻還是沒拿。從那之後，也記不清提醒了她多少次，外套仍舊掛在原處。

打從發現她是故意如此，我就沒有再向她提起。

這種話如果告訴別人，可能會被當成是炫耀，或是想暗示自己多受歡迎，所以我只跟丹下太太、純也和三栖先生說過，也就是知道步美和我之間關係的人。其實，步美也對我說過好幾回，她想要和我在一起。

據說她母親也認同她的想法。換句話說，就是她想和我交往，未來也希望能結婚。

她的這份心意，沒什麼理由好拒絕的。因為我並不討厭她。或者應該說，我很感謝她喜歡上我這樣乏善可陳的男人，甚至覺得我配不上她。

只是，她真的太年輕了。十七歲的差距對我來說，遠比他人所想像的還來得沉重。

再說，我們之所以相遇，原因也非比尋常。

那樣的相遇，會讓她，讓步美認定我是她生命中的唯一，也是無可厚非。

但是，這麼做到底是好是壞，我到現在都還沒有得出結論。所以，我也直接告訴步美我的心情。至少，等她大學畢業，出了社會之後，看看她的心意有沒有改變再說。

雖然她看似是接受了我的提議，但每當我看到針織外套時就會想，把外套留在這裡，大概是她對這個提議的反抗吧。就這樣留著外套，像是孩子鬧脾氣，又像是她會做的頑固行徑，不過卻也能感受到她真摯的心意。

我很感謝，也感到很開心。不過，這並非是可以輕易接受的事情。只是，必須得做決定的日子，也一天天地接近了。

「真是的。」

真是個沒用的男人，我也這麼覺得，但還是拿自己沒辦法。

「對吧？黑助。」
只要在二樓，一叫黑助，牠就會發出「喵嗚」的叫聲。
黑助突然動了動耳朵，同時我的手機響了。
「喂，我是弓島。」
（喂，我是甲賀。這麼晚打來，真是不好意思。）
聽得出來她稍微壓低了聲音。
「沒關係。有查到什麼了嗎？」
我聽到窸窸窣窣像是翻紙的聲音。
（實業組的組長，松木孝輔以前的確是念H大的。不過，好像中途退了學，原因目前還不清楚。）
「也就是說，三栖先生口中的那個好兄弟，就是那個松木沒錯囉。」
（我認為應該沒錯，但或許有必要確認H大裡同一屆的人當中，有沒有同名同姓的人了。）
雖然可能性大概很低，但的確需要確認一下。我等會兒再傳簡訊告訴純也。
（只是啊……）
「是。」
（我找了很多紀錄，但到目前為止，還是沒有看到松木的實業組跟非法藥物有關的紀錄。所以，就沒有辦法證實剛剛橋爪先生說的那些話了。）
「也就是說資料上頭，並沒有三栖先生為了調查松木的幫派而留下的紀錄囉？」

（沒錯。所以，如果三栖先生真的很留意松木的動向的話……）

「可能是因為有其他原因，或只是因為他們是朋友的關係囉？」

（就目前來看，應該就是這樣。）

當然，如果稱兄道弟的朋友進了黑社會，一定都會注意的吧。更何況三栖先生還是位刑警。

「甲賀小姐。」

（是。）

「我這邊目前了解到，松木他好像有個同居人。那名女性似乎也是三栖先生的同學，妳那邊的資料上有寫嗎？現在只知道她的名字是〈美知子〉。」

她沉默了一會兒。大概是在翻找資料吧。

（確實有紀錄，上面寫著松木有個沒入戶籍的太太。但很可惜，資料紀錄上並沒有她的名字。啊！請等一下！他好像還有小孩，是個女孩子。）

「女兒？」

（但是，這上面也只寫了有女兒，名字和年紀都不知道。）

「這樣啊。」

但是，就情報的層面來講，這還是有用的。

（就目前來講，我這邊的資料，能查到的就只有這些。我明天再問問跟三栖警部比較熟的同事。包括松木和三栖先生是不是好友這件事，我也會一起問。）

「我知道了。」

我也告訴她接下來我這邊要採取的行動，並講好有任何進展就用手機來聯絡。

（弓島先生。）

「是。」

她停頓了一會兒。

（不好意思，可是我現在真的很不安。）

她的聲音，聽起來似乎有些顫抖。

（雖然是我自己決定這麼做的，但是我不知道是應該繼續跟上司報告，說三栖先生依然照常執行勤務，還是應該儘快報告現況，請同事去搜查比較好。三栖警部，三栖先生他……）

（三栖先生……）她又再重複了一次，話只說到一半。但我能聽見她的氣息。

三栖先生，他還活著嗎？是否平安無事？

她大概是想說：「希望他還活著。希望能儘快看到他平安歸來」吧。或許，甲賀小姐她，現在很想哭吧。

不過，面對面的時候，就是無法說出口。再怎樣她都是警察，還是三栖先生的下屬，無法對一般人輕易示弱。所以，半夜裡的電話是很危險的。因為原本隱藏於內心深處的話，可能就會這麼脫口而出。

「甲賀小姐。」

在聽到像是擦拭什麼的聲音之後，她壓著嗓音說道：

（是。）

「我們還是相信三栖先生吧。就像妳所說的，他不是會掉進別人陷阱的人。一定是他自己決定闖進去的，而且還是在勝券在握的情況下，做出這樣的決定。所以，他一定還活著。」

他沒道理就這麼死了。

「三栖良太郎，這男人就算想殺他，也沒那麼容易。」

我聽見她微弱的哽咽，說：「對。」

「現在能做的，就是儘快解開三栖先生傳來的簡訊內容，然後找到他。我們現在就專注在這件事情上就好。」

「好。」甲賀小姐反覆說了好幾次。

掛上電話。

我小小吐了口氣。黑助像是要撒嬌般靠了過來，爬上我的膝蓋，轉了一圈就在我腿上坐了下來。

「你也很想見到他吧？」

「很想趕快見到三栖先生吧？」當我這麼一問，牠「喵」地叫了一聲。

「真是的！」

我腦中浮現三栖先生的臉，試著揶揄揶揄他。這麼做，也能替自己加油打氣。

「拜託你快點出現啊！」

等見到他，我劈頭第一句話，一定要說：「原來還有個女人這麼擔心你耶，我都不知道。」

看了看放在書桌上的手機。我心想，這個世界真是變得好方便啊。只要有手機，隨時隨地都能夠聯絡到對方。

從三栖先生的手機傳來的簡訊，雖然說不上原因，但總覺得那好像並非由三栖先生傳來。雖然我都跟甲賀小姐那麼說了，但是他應該不會將一般老百姓捲入事件中。這麼一來，傳來簡訊的人，就有可能會是松木了。

如果松木就是三栖先生的好兄弟，那麼就算他知道淳平的名字，也沒什麼好奇怪的，畢竟他可以從三栖先生那裡得知。

只是，三栖先生不太可能毫不吭聲地乖乖讓他傳簡訊。這樣想，應該是被搶走手機，而且處於被軟禁的狀態吧。不過，我倒也不認為他這個人，會就這麼讓自己與外界失去聯繫。

或許是松木行事非常謹慎周延，所以連三栖先生都栽了進去。既然曾經是好兄弟，那也不無可能。

話說回來，松木為什麼要傳簡訊來呢？

又是為了什麼，還要來到店裡？

他軟禁三栖先生的理由、故意傳來告知的簡訊，還有誘導我們採取行動的這一切。

這一連串事情的關聯究竟是什麼？我百思不得其解。

這當中應該藏有什麼意涵。只要沒有掌握到關鍵，這一切就像是在雲霧裡打轉，或者根本別說是雲霧了，只是翻攪空氣罷了。

「黑道跟刑警是好兄弟嗎……」

雖然像電影情節，但大概真有其事吧。在大學時期曾經是好兄弟的他們，在某個環節踏上完全相反的人生道路。

「原因又是什麼呢？」

當中應該有什麼癥結點，是讓事情演變至此的關鍵。

*

「只是啊，沒有在開玩笑，但我覺得那個松木有可能跟我們是同一陣線。」

早上七點店還沒開，純也就自己跑進店裡，還開始泡咖啡、烤吐司，在吧台吃起早餐來並說了這番話。黑助直盯著吐司，八成是在叫人也給牠吃。

其實，為了以防萬一，純也也有店裡的鑰匙。那是以前放在苅田先生那兒的。

「松木是站在我們這邊的？」

「對。」

他從吧台伸出手去拿黑助的小魚乾，拿出來後放在黑助的面前。牠大口吃了起來。

「可能軟禁三栖先生的，是跟松木死對頭的幫派，松木想要救自己的老友，但是如果松木自己出手去救他，情況可能會變得更嚴重，例如引發鬥爭之類的。所以，才策劃出這一切，讓我們來採取行動救出三栖先生。」

「這麼一來，三栖先生的手機在松木手上的這個說法，就說不通了？」

「嗯，是沒錯啦。不過就像我說的，也不是完全不可能吧？」

的確，不能說是毫無可能。

「如果松木是站在我們這一邊的，那就多少可以理解，為什麼他會特地到店裡來。」

「對吧？就是這一點，讓人很想不透！」

「如果把這個當成遊戲腳本來想的話……」純也繼續說：

「那麼松木會到店裡來，就是一個超大的ｆｌａｇ了！」

「ｆｌａｇ？那是什麼？」

「啊！對不起，那是遊戲用語。嗯……在這種狀況，可以說是伏筆吧。」

伏筆啊。

「這麼說來，確實是如此。」

「松木會出現在這裡，就是為了暗示自己是站在我們這一邊的。如果不是這樣的話，那就沒有他出現的意義了。」

「就算如此，假設三栖先生真的被黑社會的人給綁走了，而松木也想把他救出來，但正常來講，會認為一般老百姓有辦法嗎？」

「就是這一點啊……」純也低聲呢喃，接著喝了一口咖啡。

「這個部分的論點太薄弱了。就算我們殺進黑社會的事務所裡，根本一點勝算也沒有。如果松木真的是站在我們這一邊的，那他應該也最清楚才是。」

「果然沒辦法順利整理出一個結論啊。」純也甩甩頭。黑助在吧台上一直盯著純也，看能不能再多吃一點，突然頭動了一下。

在門口有個人影。
「是橋爪先生。」
他身穿米黃色外套和卡其褲。輕輕打開門，他點頭示意，一邊走進店裡。
「早安。」
「早安，不好意思，一大早就過來了。」
「沒關係的。來，請坐。」
他又點頭示意後，才往吧台走來，坐上了高腳椅。
「昨晚本來想打電話給你的，但是時間太晚了。」
「不好意思。」他又低下頭來。
「別客氣，你就直接打吧。我晚上都滿晚睡的。早餐吃了嗎？我也還沒，就一起吃吧。」
我想他應該會婉拒，所以不等他回答，就開始煎起了荷包蛋。
「啊！我也要！還要再一片吐司。」
「收到。」
純也把事先泡好的咖啡倒進杯子裡，端給橋爪先生。
「謝謝你。對了，弓島先生。」
「是。」
他從外套胸前的口袋拿出一張紙條。
「昨晚，我問了幾個曾經在黑社會裡的人。」

「有什麼收穫嗎？」

他微微點頭。

「首先，是關於松木的實業組，他們好像真的沒有買賣非法藥物。」

「真的嗎？」

純也咬著吐司這麼問。甲賀小姐也這麼說，看來是真的沒有嗎？

「但是有一件很奇怪的事情，聽說每當他們打算要進行交易時，都會失敗。」

「失敗？」

「對。」

橋爪先生表示，詳細情形他也不清楚。

「實業組至今無法壯大，依舊是個隨時會被踢掉的底層小組織，可能也跟這一連串的失敗有關吧。」

我把荷包蛋、昨天剩下的馬鈴薯沙拉，還有吐司裝進盤中，放在橋爪先生的面前。又放了同樣一盤在他身旁的位子，走出吧台。

「原來如此。」

「那是因為三栖先生在的關係嗎？」

純也問道。

我接著說明昨天橋爪先生回去後，所掌握到的事實。包括幾乎可以確定，松木和三栖先生是好友關係，還有松木有個同居人這件事。

雙手合十，「我開動了」，咬著吐司的橋爪先生微微點頭。

「如果說松木和三栖先生的關係是朋友的話，那麼實業組每次要交易非法藥物就失敗這件事，就可以理解了。」

「也就是說，要嘛就是松木故意讓交易失敗，不然就是三栖先生事前去壞事囉？」

「沒錯。」

「嗯，嗯。」純也也點點頭。

「另外，還有松木的同居人，我這邊也有問到一些消息。雖然不知道她叫什麼名字，但聽說她在經營咖啡廳。」

「咖啡廳嗎？」

「那跟阿大哥不就是同行了嗎？」

「咖啡廳開在池袋，店名叫作〈Seven Tail〉。地址在這裡。」

純也驚訝地說。

他把紙條遞給我。從地址來看，應該離車站不遠吧。

「要不要我過去看看？」

「這個嘛……」我想了一下。今天白天，除了甲賀小姐以外，大家都能進行調查。至於這位松木的同居人，該由誰去和接觸比較好呢……？

# 六

好久沒有過來池袋了。上次大約是三年前，當時大學同學的婚禮就辦在車站附近的飯店。雖然我在東京出生之後，就一直住在這裡，但是我的活動範圍也不出住家附近。就連東京鐵塔，我也只上去過一次。如果從外地來的人要我幫忙帶路，我猜我跟他們應該也差不到哪去。只是，東京的街道結構，無論走到哪都是差不多的氛圍。所以只要能夠大概猜出所在位置，我就有自信不會迷路。

我走出池袋車站，往當初朋友舉行婚禮的飯店方向走去。雖然四周是熱鬧的都會氣氛，但只要過了馬路到另一邊，就能看到小型的社區建築、大樓，還有一般的住宅林立，彷彿轉眼變成了住宅區的感覺。

（總覺得，好像喔。）

〈弓島咖啡〉的位置也是要從繁華的站前路往巷子裡走。店面就位於普通住宅區的正中央，但這也是理所當然的，因為本來咖啡廳就是由我家改裝而成。

大路一分為二，位在三角窗的地方，有一棟稱不上是大樓的三層建築，裡面既有公寓也有事務所，那家店就位於建築的一樓。

〈Café Seven Tail〉

從她放在門口的招牌，就可以得知店裡是用哪裡的咖啡豆。大大的窗戶，簡樸的外觀。這樣說可能會被認為是在批評，但這就是間普通的咖啡廳。不像我家還有古老洋房，庭院裡和櫻花樹，這裡並無其他特色。

是一間隨處可見、可以喝咖啡的店家。說不定，到了晚上就會搖身一變成了酒吧。總覺得多多少少有這樣的氣息。

＊

「我先自己過去看看。」

「只有你一個人？」

純也稍微噘著嘴。

「以防萬一發生什麼事，我也一起去比較好吧？」

「不會有事的啦。」

雖然她是松木的同居人，但我不認為店裡會是黑道龍蛇雜處之地。

「而且松木的實業組，地址是在田町那裡，位置差很遠。那裡應該就只是家普通的咖啡廳啦，所以我一個人去就夠了。」

而且，讓他們見過的人愈少愈好。我這麼一說，橋爪先生也點了頭。

「假設這間〈Seven Tail〉真的有黑道出入的話，我覺得純也先生一起去才危險呢。」

「為什麼？」

純也歪著頭。

「你自己可能沒有發現，你經常散發出學過武術，或是很強勢的感覺。就是說你的氣場很強。而且，從外表看來，你又和時下一般的年輕人沒兩樣。你的外表和氣質之間的落差，會讓人起疑。如果是會看人的黑道，馬上就能察覺到你身上的氣息，甚至可能會對你產生興趣。」

「可能會想說：『這小子到底是何方神聖？』之類的？」

「沒錯。」

純也被這麼一說，開始口中唸唸有詞，還皺起眉來。

「雖然我也不是刻意這樣的，但聽你這麼一說，好像真的是如此。」

「所以，還是弓島先生一個人去最自然，而且應該也不會引起什麼麻煩或爭端。畢竟，弓島先生，就是……」

因為他有些難以啟齒的樣子，純也就點點頭笑著說：

「就是看起來人畜無害嘛！既沒害處也沒什麼好處！」

「這個我自己知道！」

一直以來被這麼說，也都聽了快四十年。

*

時間才剛過十點。就我自己的經驗來判斷，現在這個時段，店裡應該滿清閒的。畢竟開在這種住宅區裡面的普通咖啡廳，本來就不太可能大爆滿。除非是附近的太太們把這裡當作她們的聚會場所，那就另當別論了。

我站在〈Café Seven Tail〉的門口，拉開木製門。門上掛著的鈴鐺，發出小聲的鈴響。

坐在吧台的高腳椅上，在固定於牆邊的平台上寫東西的女性，站起身來。不出所料，店裡面一個客人也沒有。

「歡迎光臨。」

因為店面位於三角窗的位置，所以裡頭的桌椅擺設顯得有些不自然。三角前端的角落牆上，有台老舊的大冷氣。

雖說也能選擇坐在吧台邊，但是位子實在太擠。而且只擺放兩張椅子，我想大概只有很熟的常客，才會一上門就坐在那吧。

所以我選了一個距離吧台最近的桌位，坐了下來。

她面無表情地端著水過來，聽我這麼說後，露出些許笑容，點點頭說了聲：「好的」。我伸手拿起水杯，喝了口水。

「請給我一杯綜合。」

這位女性，大概就是松木的同居人〈美知子小姐〉吧。

只要喝水，就能夠大致知道這家店的狀況，這是真的。這間〈Café Seven Tail〉的冰水確實夠冰，而且無論聞或喝起來，都沒有奇怪的味道。杯子也很乾淨。最低門檻該做的事情，這家店都有做到。

這邊的咖啡是用手沖的呀。我從座位可以看得到她在吧台裡準備，不經意地偷偷觀察她。她的動作很流暢。把咖啡豆放進研磨機裡確實磨成粉，同時，沖咖啡的動作、程序也很確實。

〈弓島咖啡〉會用虹吸壺來煮咖啡，單純是因為喜好，我也會手沖咖啡。自家烘培我也曾經學過，在剛開店時也這麼做過，但這樣的堅持實在沒辦法撐下去，便作罷。

店裡播放的是美國流行老歌。我原以為可能是廣播，結果發現吧台裡頭，擺著台老舊的卡帶錄音機，電源還插著。最近CD雖然已然成為主流，但搞不好這裡還是使用卡帶來播放音樂。

究竟該怎麼攀談，事前跟純也和橋爪先生討論許久。當然，不可能說出三栖先生失蹤的事情。畢竟這位美知子小姐，也有可能跟失蹤一事有關。

不過，她看到我也沒有什麼反應。至少可以確定她並不認得我。

「讓您久等了，請用。需要奶精嗎？」

「不，不需要。」

她臉上帶著微笑，點了個頭。及肩的頭髮輕輕飄動。那雙大眼令人印象深刻，個子也滿高挑。雖然可能稱不上很瘦，但因為個子高，給人一種清瘦的印象。

在來之前就決定要見機行事。因為還不知道情況，所以要先找出開口的時機。目前已知的情報當中，至少可以確定這名女性，是來到我店裡那位幫派組長——松木的同居人，同時應該也是三栖先生的同學。

「不好意思。」

在她走回吧台前，我叫住她。

「是？」

她看著我，露出淺淺微笑。

「其實，我是三栖良太郎的朋友。」

「欸？」

她馬上露出大大的笑容。「咦？」小聲地發出疑惑聲，並往桌邊走了一、兩步。

「三栖的朋友？」

她看起來笑得很開心。以此推斷，我能確定她與三栖先生的失蹤毫無關係。

「是的，我姓弓島。」

「弓島先生？」

雖然她微笑點頭，但可以看得出，她並不知道我這個人。

「我以前聽他提過這裡，今天剛好到附近，無意間發現店就在這，所以就進來了。」

「是這樣呀？謝謝！您應該一開始就跟我說的。」

她的動作變得稍微有些慌張。

「那……如果方便的話，要不要坐到吧台的位子呢？」

「好呀。不好意思。」

她馬上就把放在桌上的咖啡和冰水端到吧台。之後也將那張桌子擦拭得乾乾淨淨。看店內的樣子，可以發現清潔得很周到，所以也能確定她是認真地在經營。

「三栖他過得好嗎？」

「很好。」

我露出微笑，撒了謊。或許也不算撒謊吧，畢竟直到三天前他是真的過得非常好。

「聽說你們是大學同學啊。」

「是啊，其實不只大學，高中也同班呢。」

「好久沒見到他了。」她接著說。

「你們多久沒見啦？」

「我想想，那次他送來我女兒的入學賀禮，所以應該過了三、四年了。電話的話，倒是一年會打個一次左右吧。」

「女兒的入學賀禮？這樣呀。」我臉上帶著微笑，先是答腔附和，接著又繼續問：

「是高中入學嗎？還是大學啊？」

「嗯。」她點點頭，接著繼續說：

「是大學生囉，M大。」

M大？那就是步美念的大學啊。腦中突然閃過些什麼。我突然想到。

「其實……」

我拿出皮夾。雖然很少用到，但我還是有名片的。不過應該算是咖啡廳的名片。

「我也是開咖啡廳的，〈弓島咖啡〉，我叫弓島大。」

「哎呀，您也是同行啊？」

她收下名片。

「在北千住啊。謝謝，有機會的話，我會去光顧的。」

她輕聲笑了。

「跟我的店一樣，都是把姓氏當成店名呢。」

姓氏？可能我露出納悶的表情吧，美知子小姐稍微歪著頭。

「三栖沒有跟你說嗎？我叫七尾美知子。因為是七根尾巴的七尾，所以店名是〈Seven Tail〉。」

七尾美知子小姐。

記憶中浮現出另一個名字。

〈七尾梨香〉

就是步美那位假裝不在家的朋友。我並不認為七尾是很常見的姓氏。

我腦中那些形狀似合非合的積木，又開始動了起來。〈七尾梨香〉的住處確實有人在裡面，還是個男人的人影，這一點我可以確定。明明是個很認真的女孩子，但卻沒去上學，也不接好朋友的電話，甚至假裝不在家。屋子裡有男人的身影，或許那就是自稱她〈父親〉的人。

〈七尾梨香〉的父親，是松木孝輔。

這些事情，我到底該如何思考才好？又該如何相互連結？我還要從這位美知子小姐身上，問出哪些事情？如果我再繼續猶豫下去，恐怕美知子小姐會察覺異樣。

大概，過了一秒左右吧。

「我想應該是巧合吧。」

「是？」

我掩飾著內心的動盪，直接向她確認。我的本能告訴我，這麼做才是最好的。
「我店裡有一個常客，那個女孩子現在正在念M大，而且她的好朋友叫做〈七尾梨香〉，該不會是妳女兒吧？」
「咦！沒錯！」
她用手遮住嘴巴，並且露出笑容。
「咦？真的嗎？那個念M大的女孩子叫什麼名字啊？」
「她叫加藤步美。」
「步美！嗯，我有聽我女兒提起過。聽說她們經常玩在一起！」
「好巧喔！」我可以感受到她真的很開心。如果這是為了隱瞞實情而展現出來的演技，那她可以獲頒日本奧斯卡獎了。而且好到我還想讓淳平這紅不了的演員看看。
「對了，對了。我想起來了，聽說步美以前就住在北千住，是嗎？所以她才會變成你店裡的常客嗎？」
「是啊。其實我從她讀國中時就認識她了。」
我臉上帶著笑容，裝出因為這一連串偶然而開心的樣子，腦中一面快速思考。這位美知子小姐的女兒，七尾梨香和步美成為好朋友，這是單純的巧合。這一點應該沒錯吧。如果要找出巧合以外的可能性，那我可能要開始改當哲學家了。
並非偶然的，是梨香假裝不在家這件事。
這絕對不是湊巧。

我確信，那是與三栖先生有關的線索。雖然毫無根據，但若不是如此，就說不通了。

「但真的就是有這種事呢！特別是開了咖啡廳之後，我更是這麼覺得。」

我好不容易克制住自己，免得吐露更多，還得繼續面帶笑容演下去，我都不禁想誇獎自己。

「就是啊。真的會讓人覺得，人生就是由一連串的巧合組成的呢。」

就在這個時候，她好像突然想起了什麼看著我。

「那弓島先生呢？你跟三栖是在那裡認識的啊？」

「喔，他就是我店裡的常客啦。畢竟三栖先生就是在北千住出生的啊。」

「啊！對耶！我都忘了。」

當我一說，其實現在三栖先生就住在我那裡，她又更為驚訝了。當然，細節不可能告訴她。所以只說是因為屋子剛好空著的關係。

美知子小姐的態度，變得更為軟化、親切了。眼前這個人，跟自己高中、大學的好朋友住在一起，而且還同樣是咖啡廳的老闆。我想她應該對我更為信任。

我到底該怎麼問才好呢？

「以前，我有聽三栖先生說過。除了七尾小姐之外，還有一位叫什麼名字啊？就是還有另一個很好的朋友，聽說大學時你們常常玩在一起。」

美知子小姐的笑容，稍微變了。不，應該說是苦笑。

「松木吧？你是說松木孝輔吧？」

「啊！對，他說的是松木先生。」

她那像是傷腦筋又有些不懷好意的笑容，變得更加明顯。

「他啊，其實是我的先生，梨香的父親。」

「真的嗎？」

「這我沒聽過三栖先生說呢。」我這麼回答，她果然點點頭。

「其實就只是同居啦，我們並沒有入戶籍。」

「這樣呀。」

接下來我就不問了，喝了一口咖啡，拿出香菸，點上火。平常我都在吧台裡，這種情況已經碰過好幾次、好幾十次了。就算我現在不在吧台裡，同樣的方法一樣管用。

只要不問，對方一定會自己說出來。

「嗯，其實這店面也是松木的，所以就算沒入戶籍，也沒什麼好嫌他的。」

我只是微微點頭。從她的語氣可以聽得出，她之所以告訴我這些，是因為我和她信任的朋友三栖住在一起，又是同行的關係。

她當初開店的資金，大概是松木出的吧。也許儘管是現在，生意不好時，松木也會照料她的生活。咖啡廳賺不了大錢，這一點我再清楚不過了。我能夠安穩過活，全是因為店面是自己家，不需要租金，再加上丹下太太從開店至今，一直是領著不變的低薪。其實，丹下太太始終認為自己是我的監護人，所以就連打工薪資，每個月也是領得心不甘情不願。尤其她清楚店裡的收入情況，有時候營業額真的很難看時，那個月她根本也不拿薪水。

我認為，這時候若不再進一步提問，話題就無法繼續下去。

「那你們住在一起嗎？妳和妳女兒，還有松木先生。」

這樣的問題，問了應該也沒關係吧。畢竟是很普通、無關緊要的問題。但美知子小姐苦笑著，一邊微微地搖了兩、三次頭，遲疑了一會，才接著說：

「反正只要你去問三栖就會知道了，那我就說了吧。其實，我先生是這種來歷的人。」

她用食指在臉頰上畫出一條線。這是個老派的動作，現在的年輕人恐怕都不知道是什麼意思。而我則是裝出有些驚訝的樣子。

「所以啦，我女兒也不喜歡他。因為這樣，梨香她就自己住，所以我們三個人其實是分開生活的。」

「原來呀。」

「很不可思議吧？三栖是刑警，但他卻是黑道，而且他們還曾經是好兄弟。」

我點點頭。

「聽起來就像是電視劇裡的情節呢。」

「但現實中還真的有呢。人生真的太難講了。」

她有些自嘲地笑了。我也從氣氛中，感覺到這個話題到此結束了。如果我再問下去，讓她起疑心那可就麻煩了。

「如果有機會，請跟妳女兒、步美一起到我店裡來吧。而且還有三栖先生在呢。」

「啊！好啊！我也想見見三栖呢。」

她微笑地說她一定會來，我認為並非應付客人的客套話，而是發自內心地這麼說。

離開〈Seven Tail〉，我走到了從店裡看不到的地方。轉角處的便利商店門口正好有菸灰缸，我就在那裡停了下來，點了根菸。我也想在腦中整理一下，想看看回到我店裡前，是否有應該要先做的事。

兩件事連貫起來了。

步美的好友梨香沒去上學，還有三栖先生失蹤這兩件事。

雖然我並沒有確切的證據，又或許這一切就是剛好到令人很想吶喊：「這是怎麼回事！」，但我認為不可能是巧合。

梨香和三栖先生下落不明，這兩件事情的根本原因絕對只有一個。其中的關鍵人物，就是那個叫做松木孝輔的幫派組長。

他既是梨香的父親，又是三栖先生的好兄弟。

我吐了一口煙。

內心暗付。

把我們牽連進來這樁事件的，是那則手機簡訊。只傳來句〈給阿大〉的簡訊。

傳簡訊來的人，我想應該就是松木沒錯吧。是松木用三栖先生的手機傳的。也就是說，松木利用自己的女兒和三栖先生，想辦法讓我們採取行動，去做些什麼。

就目前來講，我只能設想出這樣的狀況。也不能排除，傳簡訊的其實另有其人，只是刻意誤導，讓我們以為是松木所為的可能性。但我仍不解松木到我店裡來的目的。也搞不清楚他到底要我怎麼做，能夠確定的，只有松木能夠自由行動這一點。

能夠同時讓三栖先生失蹤，又讓梨香缺課的人。

是松木。

這麼一來，梨香房間裡的男人。

「是三栖先生。」

總覺得，在眾多散亂的拼圖當中，總算找到了其中吻合的兩片。

失蹤的三栖先生，因為某些原因而待在梨香的屋子裡。兩人屏氣凝神，假裝沒人在家，又或者是被迫不得不如此。

我想到回去前該做什麼了。那就是再去一次梨香的住處，然後對著屋子裡喊看看：

「三栖先生，你在裡面嗎？」

就算喊完之後，還是沒有任何回應，但至少證明了我已經追查到這一步。

但我想裡頭應該會有什麼動靜才是。

（好！）

我把菸放進菸灰缸捻熄，出發上路。只要走到外面大馬路，我想應該就能攔到計程車，但當我一踏出腳步過馬路時，小路突然傳來車子的巨大引擎聲。

引擎聲宛如野獸咆嘯。

我驚訝地往那方向一看，發現有一台黑色的車子逼近。速度不但沒有放慢，反而還加快了速度。

目標是站在路中央的我，筆直地駛來。

（然後呢？你沒事吧？）

手機的另一頭，傳來丹下太太擔心的聲音。

「我沒事。只有因為跳開來閃車，跌倒有點擦傷而已。」

我嚇到覺得瞬間心臟都快停止了，也挺佩服自己動作竟然能如此靈敏，很明顯地，我差點被撞死。就算不是要我送命，也是意圖讓我身受重傷，短時間內無法有所行動。

「我想，我的推論應該沒錯。」

（看來似乎是這樣呢。）

為什麼會在那個時間點被襲擊呢？理由很簡單，因為有人在監視著〈Seven Tail〉。

雖然我完全不明白監視的原因，也不懂為什麼想撞死我，但事實就是如此。我邊走邊繼續講電話。

「我現在要直接去梨香住的地方，就快到了。」

（你一個人沒問題嗎？還是我打給純也，叫他過去跟你會合，阿大你先等一下比較好吧？如果又被突襲怎麼辦？）

「沒事的啦。」

不管怎樣，假設剛剛開車的人是黑道，他應該也不會真的再來追殺我。因為剛剛車子就這麼直接開走了。如果他真心想置我於死地，應該手段多得是，而且會速戰速決。

「那一定是個警告啦。雖然還搞不清楚他是要警告我什麼。」

（嗯，或許是吧。但你凡事還是小心一點喔！）

「了解。」

掛掉電話，剛好我也走到了社區大樓前。昨天才和步美來過，七尾梨香位於上野的住處。

「好！」

以防萬一，我還是提高警覺，走進那棟樓。等電梯時，也是站在離電梯有些距離的地方。只是，這棟樓非常安靜，大概也沒有人會埋伏在某處。我搭電梯上六樓。小小的電梯裡，果然還是有股機油味撲鼻而來。

我靜靜地看著走廊。沒問題。走在綠色的走廊上，努力不發出腳步聲，來到梨香的門前。

按下門鈴。

等了一會兒。

果然沒有任何回應。我蹲了下來，推開門上的信箱口推片。吐了一口氣。

這是一場賭注。或許會招致嚴重後果。但若不在此留下些什麼，事情恐怕難以獲得解決。

我已經做好心理準備了。

無論結果會發生什麼事，我都有獨自承擔後果的覺悟。

「三栖先生，我是阿大。你在裡面吧？」

我豎起耳朵，聚精會神傾聽。總覺得裡頭好像有些細微的動作。

「三栖先生，拜託你告訴我，我們到底該怎麼做才好。」

再次等待房內的回應。豎起耳朵。

我決定，只要沒有鄰居出來看，對我起疑心，我就在這等個五分鐘看看。而等待的時間，就全神貫注將注意力集中在傾聽聲響。

不過，等不到一分鐘，我就聽到了。有人輕聲走路的聲音。而從我用手指推開的信箱口裡，有東西伸出來，掉到了外頭。

那一瞬間，我看到的是女生的指尖。

我慌忙將掉在地上的東西撿起來。

（圖書館的借閱證？）

＊

（是我們學校圖書館的借閱證嗎？）

在電話另一頭的步美有些驚訝。

「對，沒錯。」

那是要進入M大學圖書館借書時，所需要的借閱證。大概是為了管理館藏外借的情況吧。我回想了一下當年自己還是大學生時的狀況，但只記得當初是用學生證就能進出。

「不管怎樣，我現在就過去M大學跟你們會合。」

（我知道了，在正門的那條路上，大門對面有一家叫做〈Noba〉的咖啡廳。）

「啊，我知道那家咖啡廳。」

（那我們就約在那裡吧。）

「好，我想我到那裡應該不用二十分鐘。」

（好，我知道了。）她很有朝氣地回應後，就掛上了電話。我不自主地盯著手機。

這東西真是方便。總覺得，如果當年的事件發生時，手機已經普及的話，我當初可能就不需要那麼辛苦了。

我在便利商店買了透明的資料夾，盯著放在裡頭的圖書館借閱證。上頭寫著〈七尾梨香〉。

我會放進資料夾裡，是為了防止指紋被抹掉。晚一點我再撥電話給甲賀小姐。如果，從這張借閱證採集到三栖先生的指紋，那麼就有決定性的證據證明三栖先生也在房裡。

當然，就算沒有證據，我也早已確定。

確定三栖先生就在那間屋子裡。

（真是的。）

他一定還活著。我都想質問他：跟好兄弟的小孩，還是個女大學生關在同一間屋子裡，到底是怎樣？當然，不可能發生令人想歪的事情，雖說現在可能事態嚴重，但我就想酸酸他。總覺得這麼做，三栖先生才更有可能平安歸來。

M大學附近的咖啡廳〈Noba〉，是我念大學時就開在這裡的老店了。當年我也曾經來過。雖然我很驚訝店內完全沒變，但也覺得學區裡的咖啡廳，本來就應該長這樣。

店裡的磚瓦牆面，令人印象深刻，純也和步美就坐在店的最裡頭，對著我輕輕招手。

「不好意思，讓你們等這麼久。」

女服務生端了冰水過來，我點了綜合咖啡，確認她已經離開後，便拿出資料夾。

「就是這個。」

步美看了一眼就馬上點起頭來。

「是我們學校的借閱證，沒錯。梨香很喜歡看書，常常到圖書館去。」

「然後，還有這個。」

我翻到背面，有用鉛筆寫的字跡。借閱證是塑膠製的，只要一擦，上面的字可能就會不見。

〈12：00〉

純也皺起眉頭。

「這是十二點的意思吧？」

「我想大概是吧。」

步美看了看手錶。

「還有三十分鐘。」

「嗯……」純也說道。

「真是給了一個莫名其妙的提示耶。」

「但他們應該也是盡力了吧。」

位子附近有其他客人。我們沒辦法討論得太詳細，只能含糊其詞，並且把音量降低。

「既然有辦法把這東西拿給我，那應該還有其他方法可以講得更清楚吧，像是寫張紙條，或是接電話。但是，他卻偏偏只給了我這張借閱證，而且上面寫的字還可能馬上就會被擦掉，我想事情的狀況真的是非同小可，而且這張借閱證也很重要吧。」
「嗯。」純也點頭同意。
「如果不是這樣的話，那也令人傷腦筋啊。」
「他們沒事吧？」
步美擔心地問道。「應該吧。」我對著她點點頭，露出微笑。
「我想應該是沒事。就像我在電話裡說的，我看到的，確定是女孩子的手指頭。」
他們倆都點點頭，並露出些許的笑容。
「那就好。但這個……」
他指著借閱證。
「該怎麼處置才好？」
「我想，也只有乖乖十二點到圖書館去了。畢竟上面這樣寫，我想也只能這麼解讀了吧。對了，步美。」
「是。」
「學校裡的圖書館，校外人士也可以進去嗎？」
「可以。」她點點頭。
「如果是這一區的區民，只要提供身分證明，就能夠辦一張像這種的校外人士借閱證了。所以沒問題。」
「只限這一區啊？」

很可惜，我和純也都不是M大這一區的區民。我們是足立區的。

「啊！不過，如果只是進到館內，而沒有要借書的話，只要我一起進去就沒問題。也有可能不行，但是通常不會特別檢查。」

「嗯，反正我看起來也像大學生，阿大哥也很像是講師或教授。或者應該說，只要你走在學校裡，大家都會以為你是老師，所以沒問題的。那我們要進去看看嗎？」

純也這麼說。嗯，也是啦。

「就這麼辦吧。既然都拿到張卡了，也只能先去看看再說了。裡頭說不定會發生些什麼，也有可能更弄清楚整件事。」

我們走出咖啡廳，邊往大學走去邊聊著。

「你覺得等等會發生什麼事情？」

純也這麼問我。

「雖然很不甘心，但我真的完全猜不到。」

三栖先生失蹤，梨香假裝不在家，還有黑社會的松木。他們之間是好兄弟和父女的關係。

「就算又多了松木女兒的學校圖書館這個提示，我也猜想不到情況會是怎樣。」

「我也是。」

純也噘著嘴說。

「如果是遊戲的腳本，無論如何我都想得出來。可是一旦是發生在現實中的問題，就不知道應該如何將所有事情串連起來。」

步美也皺起眉頭。

「七尾梨香對圖書館有什麼特別執著的地方，或是有發生過什麼事嗎？」

純也這麼一問，步美歪著頭說：

「就像我剛剛說的，她很喜歡看書，所以幾乎每天都會到圖書館。這一點我可以確定，但好像就沒有其他特別的事情了。」

「幾乎每天呀？」

圖書館裡到底會發生什麼事呢？

可能因為現在正式上課時間吧，校園裡走動的學生很少。我們三人則步行其中。

「我沒有念過大學，所以總覺得這種環境真不錯。」

純也這麼說，可能是想緩和一下氣氛吧。

「就是啊。」

「阿大哥，你應該也會回想起，跟淳平哥他們一起住時的事吧。」

我點點頭。

不管是在哪所大學的校園，都有著同樣的味道。這或許是因為無論任何時代，校園裡都洋溢著年輕學生的氣息。

自由、自我、希望與苦惱。這些年輕人特有的氣息，應該是不會隨著時代而有所改變。

「阿大哥以前成績好嗎？」

被認真又成績優秀的步美這麼一問，我還真有點傷腦筋。先是苦笑了一下。
「不差啦，但是也不算好。嗯，大概就中等吧。」
淳平跟和良倒是成績很好。真吾、人志和我的成績就差不多吧。
「儘管如此，大家還是滿認真的喔。考試之前，都會在家裡一起熬夜唸書。」
我這麼一說完，步美露出微笑。
「我也好想，跟當時的你們在一塊喔。」
她低著頭小聲地說完，雙頰飛紅。快步往前走。
看著她的背影，純也「砰！」地腳往後彎，踢了我的屁股。原本想發脾氣：竟然踢長輩的屁股，是成何體統，但最後也只是苦笑作罷。
現在只能置身事外地想：是否有那麼一天，能夠接受她那份從一而終的心意呢？
也僅止於現在。

*

圖書館，就只是圖書館。
除此之外別無他用。M大學在幾年前翻新了舊校舍，但是這棟圖書館仍舊保持幾十年前建造後的樣子，不可否認帶給人一種老舊的印象。但卻絲毫不顯突兀。
沉穩地擺放著暗褐色的木製書架，有股安穩放鬆的氛圍，而用來遮陽的蕾絲窗簾也有些褪色，讓人感受到時代推移的足跡。

我們三人，緩緩地環視四周。

圖書館裡頭大得過分。館內當然有看起來像是教職員的人，還有坐在桌前、穿梭在書架間，或是佇足專心翻閱的人。

就是間再普通不過的圖書館。

如果走得太快，可能會引起疑心，所以我穿梭在書架間，時而停下來看看書架上的書。再怎麼說，我當初都是念文學院的，光是這樣找書、看書，就能花上我好幾小時。

純也手指微微指向另一邊，就獨自朝反方向走去。而步美則是待在我附近。

距離十二點，還有幾分鐘。

我的目光會有所停留，只是巧合。

當下只覺得，書架的對面站了個男人。這裡的書架背面是開放式的，也就是說，從整排書的上方縫隙看過去，能夠看到在對面書架找書的人。如果對面剛好有人面向這裡，也可能會對到眼。

那男人站在書架前，拿起一本不知道是什麼內容的書，翻開。打開書頁後，便不停地翻頁。在圖書館，這樣的舉動隨處可見，並無任何不對勁之處。雖然再自然不過，但就是不禁盯著他翻頁的方式看。

從他的翻法看來，很明顯地，他應該是在找當中的某一頁。而當他翻到那一頁時，肩膀和頭都突然動了一下，像是在環顧自己的左右兩旁。

接著，他把書輕輕地放回書架上。

從他剛剛的動作，也可以當作是突然聽到了什麼聲音，或是想到什麼要緊事，但也可以解讀成，是要確認周圍沒有任何人。

我輕輕推著步美的手肘，開始往前走。她雖然有些驚訝地抬起頭，但也點點頭跟著我走。

我們步伐稍微比書架另一邊的男人來得快，轉過書架，走到那個男人的正面。

那個男人像是要避開我和步美，但是卻又停下了他的動作。

「啊！」

小小的驚呼聲。是步美和那個男人同時發出的聲音。接著，他們倆互相輕輕地點了頭。

就這樣，那個男人稍微瞄了我一眼，馬上就離開了。我們則是往書架的方向走，走向他剛才看那本書的位置。因為步美就站在我的身旁，我把臉湊近，小聲地問她：

「他是誰啊？」

步美也小聲地回答：

「經濟學院的片岡。」

她這麼說完，又更小聲地在我耳邊說：

「就是梨香的前男友。」

「梨香的？」

這麼說來，步美的確有說過，梨香之前有男朋友，但是分手了。沒錯，當時步美的確提到了片岡這個名字。

我們走到了他剛才翻書的書架前，拿出那本書來。看來是一本經濟學的書。又厚又重的專業書籍，若沒有需要，一般人應該不會去拿來看。
我一頁一頁地翻。不知道我到底在幹嘛的步美，則是盯著我翻。
他剛剛是翻到哪一頁？目的又是什麼？
「嗯？」
我的手停了下來。
書裡，夾了一張紙。
全白的紙。
如同字面上的意思，那是一張什麼都沒寫的白紙。
我反射性地拿出那張紙，小心翼翼地折好，放進胸前的口袋裡。

## 七

我馬上拍拍步美的背，告訴她趕快離開這裡，但這麼做也只是我的直覺。步美雖然露出驚訝的表情，但也快步往前走，走到距離這裡三個書架的地方，假裝正在找書，一面偷看我這邊的情況。
我把那本厚重的經濟學書籍闔上，放回原處，裝作沒事地環顧了周圍。
有個男人站在距離我數公尺的地方。他看起來像是在找書，但總覺得哪裡不大對勁。雖然這只是我的直覺。不過到目前為止，這份直覺已經多次派上用場，所以我相信自己的判斷。

而在那個男人的對面，我看見純也的身影。因為他正要朝著我走來，於是我趕緊對他使眼色。他發現後，便停下了腳步，開始往反方向走，走到距離剛剛所在隔兩個書架的地方。純也應該什麼都不知道，但他似乎也察覺我是叫他不要過來。我就在原處向後轉，走向步美。

我隨便拿了本書起來看，偷偷地觀察那個男人。

那個男人，身穿西裝。雖然年紀可能還稱不上中年，但至少不像是正在念大學的年紀。他泰然地慢慢在書架間移動，並走到剛剛我所站的位置。

他拿起了剛剛那本書。那本厚重的經濟學書籍。

他以同樣的方式翻書。那樣的翻法，很明顯地像是在尋找什麼。就在他的手停下來的瞬間，感覺到他的身體稍微動了一下。凝視了幾秒後，他的頭緩緩移動，環顧四周。

我則是慢慢地蹲了下來。假裝在找書架下方的書，避開了那男人的視線。不會有問題，他一直站著，所以看不到我。他慢慢地闔上書，放回書架之後，就這麼離開了。

他看來並不著急，就是一般走在圖書館裡的速度。雖然他轉了好幾次頭觀察四周，但似乎沒有找到他要找的東西，就直接往出口走去了。

我站起身來，開始找純也的身影。

我發現他和步美一起往我這邊看，我就用手指了指那個男人。純也點點頭，便有些急忙地往出口走去。而我則是走到步美附近，告訴她，我們晚一點也一起出去。

走出圖書館，我看見純也穿越校園，緊跟著那男人。我確認附近沒有其他人後，告訴步美：

「妳可以傳簡訊給純也嗎？」
「可以。」
「告訴他，不需要追根究柢，只要知道他的身分是誰之後，就馬上回到店裡去。」
「我知道了。」
步美開始打簡訊。當然我自己也能打，但畢竟手機剛買，好不容易才搞清楚怎麼操作而已，要我來打實在太慢了。
步美打好簡訊，抬起頭說：
「我傳好了。」
「謝謝。」
接著，她一臉不安地看著我說：
「剛剛那個人是誰啊？」
「我不知道。」
雖然我也搞不清楚。我拿出放進口袋裡的那張紙。
「但我認為，那個男人是想拿夾在書裡的這張紙，這點應該沒錯。」
然而，這張紙到底是幹嘛用的，我也不知道。而步美則是看著她的手機。
「純也哥回簡訊了。」
我們倆一起看著手機畫面。
（我已經知道他是誰了。你們要回店裡了嗎？還是還在圖書館？）

我和步美驚訝地對看。

意思是，還在校內就能得知對方的身分了嗎？所以他是跟學校有關的人嗎？

「這附近有沒有什麼地方，是周遭不會有人，可以慢慢談這件事的？」

步美稍微歪著頭，接著她輕輕點頭說：

「體育場旁邊的觀眾席。那裡很大，除非有比賽，其他時候幾乎都沒有人。」

雖然棒球社的學生仍在綜合體育場上練習，但人數不多。可能因為正值中午吃飯時間，所以社員還沒完全聚集。我們跟著步美，坐在角落的位子，三人分著在便利商店買的麵包、飲料。

「講師？」

「對，我看到他走進講師辦公室。」

純也這麼說。我們討論時，還得注意要讓人看起來，就像是在午休時間，輕鬆閒聊的學生和講師。

「因為講師辦公室學生不能進去，所以就沒辦法再跟下去了。」

「的確是。」步美也點頭。

「不過，我有用數位相機拍下他的背影和側臉。就是這男人吧？步美妳知道他嗎？」

小小的數位相機螢幕上的男人，的確就是在圖書館看那本書的同一人。步美雖然把臉湊近，盯著畫面看，但仍舊歪著頭。

「我不知道耶。看來我應該是沒有修過他的課。」

「這樣呀。」

非得確認出他的身分不可，但該怎麼做才好？

「總不可能讓步美拿著照片四處問人。」

純也說得沒錯。畢竟不清楚接下來會發生什麼事，不能再讓她冒險了。

「啊！不過……」

步美隨口說道：

「我們學校網站上有講師介紹的頁面。有時候講師的照片也會上傳上去，所以等一下也可以找找看。」

「真的嗎？」

她點點頭說：

「而且，如果網頁上沒有照片的話，把這張照片洗出來，拿到學務處去問，你們覺得怎麼樣呢？就說是在學校裡撿到的照片，不知道上面的人是誰。這麼一來，應該就能問到那個講師的名字了吧？畢竟這照片看起來也不像是偷拍的，也可以單純當成是有人不小心掉了？」

純也彈了一下手指。

「這個方法很好！還可以不經意地說〈說不定是這位老師的女粉絲掉的照片〉，問的時候夾雜一點玩笑話，或許就能問到名字了吧。這件事就交給我吧！反正我看起來也像個學生，只是把失物送過去，應該也不需要什麼身分證明吧。」

「看來就這麼辦吧？」

如果是純也，應該可以處理得很妥當吧。

「對了，那個男的是怎麼了嗎？」

純也咬著三明治，一邊這麼問。我把資料夾拿出來，為了避免自己的指紋繼續沾到紙上，所以先將白紙放進資料夾裡。

「那是什麼？」

我把在圖書館碰到梨香前男友的事情告訴純也。包括他在看書架上的書時，態度顯得可疑這件事。

「我確認後，發現這張紙是梨香的前男友放進書裡的。」

而後來，那個講師就過來拿這張紙了。

就在十二點的時候。

純也皺起眉頭。

「也就是說，梨香給你的借閱證上寫的，是他們事先約好的時間囉？」

「我覺得應該是這樣沒錯。」

「梨香的前男友呀？」

純也邊說邊點頭。

「那就都串連起來啦。既然有相關的人在這個時候出現，那就能推斷他們跟這件事有什麼關係，先這麼想應該比較恰當吧。」

「我也這麼認為。也就是說，梨香知道她的前男友，會在今天十二點到圖書館放這張紙。她本來就知道這個有點詭異的計畫。」

步美一臉擔心。

「所以，是什麼計畫呢？」

「我也完全搞不清楚。」

毫無頭緒。

「這張紙，只是一張白紙而已吧？」

步美問。

「是啊。」

我拿起資料夾，對著天空。透著陽光，看看那張影印紙。

「上面什麼都沒寫，也沒有透出什麼文字。看來就真的只是張影印紙。」

「既然這樣的話，那會不會這張紙的作用只是個書籤啊？說不定是夾這張紙的那本書才是重點？可能那一頁上頭寫著重要的內容？」

我對著純也點點頭。

「這一點我也想過。但是，那個疑似講師的男人，並沒有表現出他在讀那一頁內容的樣子。而是從他的身體動作，明顯感受到他因為沒有找到這張紙，而顯得失望或是驚訝。這一點準沒錯。而且後來他是一邊環顧四周，一邊走出圖書館的。」

「嗯……」純也低語思考。

「這麼說來，他的目的果然還是這張紙囉？」

「那麼，會不會是有人用特殊的筆在上面寫了些什麼呢？」

不知道。

「妳應該沒有從梨香那裡，聽說她前男友，是叫片岡嗎？沒聽說他有什麼奇怪的舉動吧？」

我姑且還是問一下，而步美點點頭說：

「嗯，我沒聽說過什麼。」

上午了解到有關梨香的事情，也就是梨香的父親，其實是幫派組長松木先生這件事，我還沒告訴步美。明明兩人是好朋友，但梨香卻沒有把這件事告訴步美，相信應該是有她的苦衷吧。所以我也決定先思考過後再看看。

「接下來，我們也沒辦法再查下去了。還是拜託甲賀小姐吧。警察的話，應該有很多方法可以進行調查。」

回去之前，我們用了校內可以自由使用的電腦查詢，有上傳照片的講師當中，並沒有找到那個男人。我拜託純也將照片洗出來，並且去問問那名講師的身分，而我和步美則是先回到店裡。總不能把整家店都丟給丹下太太一個人。

〈弓島咖啡〉仍舊照常營業。一如往常，住在附近的常客會到店裡來，也會有剛好路過進來的客人。而且，中午時段還會有很多，衝著丹下太太的番茄肉醬義大利麵而來的上班族。因此，午餐時間也算是忙亂如戰場。

雖然我已經盡快趕回來了，但還是錯過了中午最忙的時間。當我一打開店門，就看到誠人在吧台裡，頂著他那圓滾滾的臉，先是抬頭看向天花板，接著又嘛著嘴，像是在說：「你終於肯回來啦？」

「你很慢耶，阿大。」

「抱歉。」

誠人既是我的老同學，也是附近上關肉品店的繼承人。如果有些什麼突發狀況，經常會請他來店裡幫忙，不過已經好久沒有把店交給丹下太太和他兩個人了。

丹下太太露出安心的微笑，肩膀也稍微垂了下來。而本來坐在自己椅子上的黑助，也像是在說：「終於回來啦？」先是伸展了身體，接著跳下地板走到步美身邊。

「這個男人還真是沒變耶，從頭到尾一直抱怨個不停。」

「可是，丹下太太，我都已經三十九歲了耶。到現在還要因為一通電話就被叫來這裡幫忙做白工，妳也要站在我的立場想想嘛。」

「如果要這麼說的話，你都已經三十九歲了，但是店裡的實權卻還握在你老媽和老婆手裡，這你怎麼不想想辦法呢？」

一如往常的談笑風生。大家都笑了。誠人家代代都是女人當家，這在附近也是眾所皆知。

「那你就在這吃完飯再回去吧，當作是付給你的打工薪水。」

「那是當然要的啊。我要大份的，還要咖啡無限暢飲。」

誠人脫下綠色的圍裙，一邊走出吧台，坐到高腳椅上。換我進到吧台裡。至於步美則是正穿上圍裙想要幫忙，但店裡只剩兩組客人而已。

「妳去坐著吧，喝杯咖啡。」

她微笑點點頭，坐到了誠人的旁邊。誠人邊喝著冰水，邊看著大家的臉說：

「話說回來，好久不見了耶，步美。」

「是啊，好久不見了。」

誠人對步美微笑後，稍微留意後方桌位的客人，上半身向前靠著吧台，小聲地說：

「你和純也，因為一些不能跟我說的事情所以出門……」

「嗯。」

「應該又是發生些什麼事情了吧。如果有我能夠幫忙的地方，記得早點說啊。我可不是隨時都很閒的喔。」

「謝啦。」

我點頭微笑，示意目前還不用麻煩到他。丹下太太也同樣點點頭，對著誠人豎起大拇指。丹下太太應該還沒有跟誠人透露任何事情吧。只是告訴誠人，我因為一些事情而不在店裡，所以才打電話請他過來幫忙。

當初步美的事件，也有麻煩誠人協助。儘管他一直碎嘴抱怨，但可以說是生意人的特質吧，總是注意到小細節、善體人意，真是幫了我不少忙。不過，這次還不需要他來幫忙。這件事情，知道的人愈少愈好。

「昨天，我去探望苅田先生了。」

誠人坐直身子後這麼說。然後，一臉難過的樣子。

「他瘦了好多，看了真是不忍心。」

「是啊。」

我們大概每天都會聊到一次苅田先生，大家都很替他擔心。儘管他本人說癌症的病灶已經順利、徹底地取出，不需要擔心，而且聽說早期發現的胃癌治癒率很高。

「儘管聽說沒事了，但還是很令人擔心呢。」

誠人點點頭。

「不過你們放心吧。苅田先生出院之後，應該還是得靜養一陣子吧，所以苅田先生的任務就交給我吧！」

「如果是你，我可沒辦法放心耶。」

丹下太太把盛裝了大份番茄肉醬義大利麵的盤子端到誠人的面前，接著又說：

「你還是多吃點，多存點體力吧。」

「好。」

因為苅田先生住院了，町內的犯罪防治安全委員會會長，目前就由誠人來代理。雖然很多人都說他不可靠，但至少比我來得適任。再說，肉品店繼承人的福相和福態，在商店街工會可是受到眾人喜愛呢。

手機的鈴聲響起。大家都轉頭看聲音是從哪發出來的，包括我也是。不過，大家都沒有要拿出手機的跡象。

「啊！」

我這才慌慌張張地拿起放在吧台角落的手機。因為還不習慣自己的手機鈴聲，剛剛完全沒發現那是自己的電話在響。

「喂。」

（阿大哥嗎？）

是純也打來的。

（我查到了喔。果然是非專任的講師。名字是芝田久志，學校的網站上有他詳細的資料。）

「這樣呀。」

（那我現在就回去店裡。）

「了解。」

大家都看著我。我微微點頭，看著步美。

「果然是非專任的講師，聽說是一位姓芝田的老師。」

「芝田老師……」

步美反覆唸著他的名字，但結果還是歪著頭，說她不知道。晚一點再用電腦查看看吧。

丹下太太看著我說：

「我等一下再好好聽你說啊。」

「嗯。」

「看來事情好像變得愈來愈複雜了。」

我點點頭。在客人面前，實在沒辦法談這件事。只好等甲賀小姐下班過來店裡了。

自從以前幾乎每天來店裡，就像是我父親一樣的苅田先生住院之後，我們每天的日子還是照常過。同樣地，無論碰上什麼麻煩，最重要的還是每天的生活。而且，如果三栖先生回來後，發現店裡變得慘不忍睹，應該會覺得難過吧。畢竟他比任何人都愛丹下太太煮的番茄肉醬。再說每天結束工作，到店裡喝上一杯咖啡，可是他的樂趣呢。

*

甲賀小姐六點就已經來到店裡，並且坐在吧台邊的位子。雖然純也和步美都在，但因為店裡還有其他客人，所以就只能聊些無關緊要的事。

純也問了甲賀小姐是不是東京人，只見甲賀小姐微笑搖頭。

「我的老家在鳥取，念大學才搬到東京來的。」

「哇，鳥取耶。」

這家店就是我的家，包括我在內，在場的常客也都是在東京出生長大的。而且，對於東京這個城市，實在無法抱有面對故鄉的感慨。原因在於，我們從沒離開過東京，也因此，沒辦法理解「人在他鄉，心繫故鄉」的心情。當年還在念大學時，就常常和同住在此的同學聊到這件事。因為我們五個人當中，就只有我是在東京土生土長。

「好想去看鳥取砂丘喔！」

純也這麼一說，甲賀小姐也開心地微笑。

「一定要去看！雖然真的就只是個沙丘而已，但去了會莫名地感到很開心喔。」

「很開心？」
「對。」她點點頭。
「莫名就會覺得很想笑，因為就只有一堆沙而已。」
「好像真的是這樣耶。」
「對了，甲賀小姐。」
純也說。
「我就直接問了，妳跟三栖先生，是什麼關係啊？唉喲妳也知道，反正大家就聊聊天嘛。」
大家一臉苦笑，當中甲賀小姐露出有些害羞的表情。在這樣的非常時刻，問出這種問題還能不讓大家覺得不識相，純也這般特質真的是難能可貴，或許也是因他個人品德所致。
「只是閒聊嗎？」
「當然，就只是閒聊。」
「我們有約會過喔。」
「喔！」大家都發出驚呼聲。我也不由得驚訝。在情緒如此沉重的情況下，甲賀小姐也許是為了緩和氣氛，所以才這麼說的吧。她講話的聲調也比平時來得高。
「不過，真的就只是下班後，兩個人一起吃個飯的那種約會而已。」
「就算是這樣，『那個』三栖先生還真的去約會了耶。」
純也不懷好意地笑著我往這邊看。
「那麼，甲賀小姐。」

「是。」

「我們要趕快把事情解決，你們才能趕快再約會啊，妳說是不是？」

甲賀小姐隱藏著內心深處的想法，露出微笑。

「嗯，那就這麼辦吧。」

「放心，我們也會幫妳的。」

坐在旁邊的純也，輕輕拍了拍甲賀小姐的肩膀。而黑助也像是有什麼意見，在這個瞬間叫了一聲，讓大家都笑了。

「橋爪先生晚上要上班，所以今天就只有我們這些人。」

過了七點，趁店裡剛好沒客人時，就先關了店。純也說肚子空空無法打仗，所以大家就在店裡吃了晚餐，接著又聚集到桌位。

咖啡也泡了，甲賀小姐和步美並肩而坐，而我和純也就坐在她們對面。丹下太太則是把她自己的椅子搬過來桌邊坐著。黑助喵喵叫地跑過來，跳到步美的膝蓋上。大家都先喝了口咖啡。

「為避免混亂，我等一下先把早上開始發生的事情告訴大家。然後，大家再報告其他的發現，最後再來整理吧。」

甲賀小姐點點頭。

「在說之前，步美。」

「是。」

她似乎有些驚訝，身體稍微動了一下。

「雖然我今天什麼都沒說，但是我掌握到一些有關梨香的事，可能會讓妳很吃驚。為了避免妳受到打擊，我就先從這件事說起。」

「有關梨香的？」

我輕輕點頭回應。

「梨香的爸爸，就是松木孝輔。」

「咦?!」

大家都發出同樣的驚呼。他們會有這種反應，也是意料中的事。畢竟我聽到的當時，也是不自主做出同樣的反應。

我從造訪松木先生的同居人——美知子小姐的店開始說起。因為從橋爪先生那聽到的消息，大家都知道了，而我也事先用簡訊知會了甲賀小姐。

「〈Seven Tail〉這個店名，其實就是她的姓氏〈七尾〉。」

「原來如此。」純也拍了下手。

松木孝輔、七尾美知子和三栖良太郎。這三個人從高中到大學都一直是同學，感情也非常好。

但因不明原因，到了某個時期，三栖先生和松木先生便分道揚鑣。而松木先生和七尾小姐，儘管已經有了梨香這個孩子，但仍然沒有入戶籍。

步美呼地吐了口氣。

「我終於知道，為什麼梨香不喜歡提到她爸媽了。」

「嗯。」丹下太太用力點了點頭。

「我想也是。畢竟要跟好友說自己的爸爸其實是黑道，這實在是說不出口啊。」

另外我也說，我確定美知子小姐應該不知道這次的事情，還有我差點被車撞的事。果然大家都很震驚。雖然可能只是個單純的警告，但很明顯是有人在監視我的行動，這一點我也告訴了大家。

甲賀小姐皺起眉頭地說：

「非常抱歉，都是因為我的關係，才害你碰到這麼危險的事情。」

「不，話不能這麼說。」

我搖搖手。

「就算甲賀小姐妳沒有來告訴我三栖先生的事，松木先生也還是一樣會到店裡來，把我們牽扯進去。如果不是這樣的話，那就沒辦法解釋為什麼松木先生要來店裡了。」

「就是說啊。而且不是已經確定簡訊是松木傳的嗎？所以他一定是來確認甲賀小姐有沒有過來的。」

我也這麼認為。

「但是……」

步美開口說：

「這是要警告什麼呢？如果是松木先生綁架了三栖先生，那麼他特地來讓阿大哥知道這件事，這行為本身就很怪了。而且現在根據簡訊上的提示去調查，他們卻又發出警告，這不是很矛盾嗎？」

「妳說得沒錯。不過，這個部分先不管。總之，恐怕松木先生手下的人已經在監視我們了，對策晚一點再想。」

也因此，我確定了在梨香屋子裡的人，並不是她的父親松木。這麼一來，剩下的可能性就是……。

「三栖先生。」

甲賀小姐睜大了眼睛。

「現在只能這麼想了。否則，這兩件事情同時發生，就沒有意義了。」

我去到梨香的住處，直接叫了三栖先生。雖然他沒有回應，但很明顯地，是梨香將東西交給了我……。

「這張〈借閱證〉。」

借閱證仍放在資料夾裡，我把資料夾放到甲賀小姐的面前。因為這張借閱證，我和純也、步美三個人到了圖書館。而在令人不解的訊息〈12：00〉這個時間裡出現的人，是梨香的前男友——片岡，還有大學裡的非專任講師芝田久志。

「夾在書裡面的，是這張影印紙。」

我也將紙張擺在甲賀小姐的面前。甲賀小姐抿著嘴唇，點點頭。

「以上就是今天白天發生的所有事情，沒有其他新的發現。雖然也請純也和步美在大學裡，調查有沒有非法藥物的相關消息，但至少就目前為止問到的結果來看，是沒有這類的傳聞。」

甲賀小姐點點頭。

「甲賀小姐那邊有查到什麼嗎？」

她稍微咬著嘴唇，搖搖頭。

「沒有。不過，和松木孝輔的〈實業組〉對立的之本組，聽說他們的動作有些詭異。」

「詭異是指？」

純也問。

「並不是具體發生了什麼事，不過聽說雙方的對立狀況，可能會變得更為嚴重。〈實業組〉似乎被他們上面的組要求做某些事。」

「像是盡快去搶地盤之類的嗎？」

甲賀小姐點點頭說：

「好像是。」

「嗯。」大家都點點頭。而被步美撫摸著的黑助，則是開心地發出呼嚕聲。

「那麼來整理一下目前的狀況吧。」

我喝了一口咖啡。

「三栖先生，人就在梨香的住處裡，我想這一點應該沒有錯。那麼，為什麼他會在那裡？為什麼一聲不響地搞得像失蹤一樣？同時，為什麼梨香沒去上學，而是一起待在屋子裡？」

雖然不知道原因出在哪裡，但這當中的要素……。

「梨香的父親，也就是三栖先生的好友，松木孝輔。他應該掌握了所有的詳情，而且……」

我指著桌上的影印紙。

「梨香的前男友片岡，應該也有關係。至於松木孝輔，則是基於某些理由，而讓我採取一些行動。」

我看著大家。

「到目前的推論，我想應該是沒有錯。不知道甲賀小姐怎麼想？」

她大大地點了頭。

「我也是這麼想的。」

純也、步美和丹下太太也都點著頭附和。

「我想現在已經明顯有所進展了。」

「不過，還是摸不著頭緒，這一點倒是沒變。結果現在搞清楚的，只有三栖老爺平安無事，還有他人在哪裡這兩件事而已。」

「就算只知道這兩件事，也已經很不得了。至少可以想看看有什麼解決辦法。」

「沒錯。」

我點了根菸。

「甲賀小姐。」

「是。」

「光憑這些消息，有可能讓警察進到梨香的住處進行住宅搜索嗎？」

甲賀小姐稍稍歪著頭說：

「我認為並非不可能。畢竟似乎可以確定這件事跟黑社會〈實業組〉有關，或許多少有點硬來，但如果表明三栖警部目前下落不明的話，應該就會下令搜索了。」

「不過啊，阿大，事情通常不會這麼順利吧？」

丹下太太對我說，我也吐著煙點頭。

「是啊。單靠我的直覺，這證據還是太薄弱了，不過三栖先生確實就在梨香的住處，而且他應該是可以自由活動的。我一開始去的時候，看到的男人影子，說不定就是三栖先生。」

「就是這一點！」

純也這麼說：

「這就說明了〈三栖先生明明可以自由活動，但為什麼卻一直行蹤不明〉吧？」

「沒錯。這和我們先前提到，三栖先生明明可以活動，卻無法行動這點有所連結。」

甲賀小姐抬起頭來：

「是恐嚇嗎？」

大家都嚇得身體抖了一下。

「沒錯。」

現在只能這麼猜想了。

「三栖先生應該是被恐嚇了。能讓三栖先生無法採取行動，也許是有人揚言要殺了誰也不一定。而且對三栖先生而言，是很重要的人。我並不是要在背後說他壞話，不過三栖先生某些時候是很冷酷無情的。為了逮捕惡棍，不得已也會多少做出犧牲。所以……」

「那個恐嚇一定非同小可囉？」

丹下太太皺起眉頭。

「可能受害的人會是他的前妻嗎？還是他兒子？」

純也這麼一說，丹下太太也點點頭。

「這當然有可能，搞不好是我們所有人。畢竟都已經確定我們被監視了。」

「嗯……這也有可能。說不定這個可能性還比較高呢。」

純也雙手交叉在胸前。

「話說回來，松木會透過甲賀小姐把我們都扯進來，說不定原因就是出在這裡。」

「這麼說也有道理。」

再來，三栖先生現在無法行動。受松木的指示，雖然不清楚原因，但他就待在梨香的住處。

「不過這麼一來，松木也害自己的女兒牽連進來了耶。這樣不是又矛盾了嗎？」

「的確是。」

甲賀小姐皺起眉頭，歪著頭這麼說。

「愈想愈搞不清楚是怎麼回事了。松木的一舉一動，到底是在想什麼？無論怎樣連結都會相互矛盾，真是剪不斷，理還亂。」

「就是說啊。」

丹下太太也嘆了口氣。

「感覺真不好，完全搞不清到底該從哪裡、又要怎麼突破，才能找到事情的癥結。」

純也站了起來，往吧台走去，拿了張A4的紙過來。他坐回椅子上，拿出麥克筆，開始動筆寫著。

「松木和三栖先生、七尾小姐。」

他寫上他們的名字。

「梨香是松木和七尾小姐的女兒，還是步美的好朋友。」

原來是在畫人物關係圖。

「阿大哥和三栖先生一起住在這裡，而我們是這家店的常客。然後，在大學裡和梨香有關的人，還有她的前男友片岡，以及非專任講師芝田久志。目前浮上檯面的，就只有這些人吧。」

「沒錯。」

這應該是純也工作的方式吧。他是遊戲策劃，又是腳本家，大概都是透過這種方式來建立架構。這並非人人都辦得到。要架構、組合整個故事，應該也必須掌握、了解許多事情才行。純也以前雖然是個調皮的小鬼，但可是比其他人都來得喜歡小說、漫畫或電影。就在他接觸這些東西的過程中，或許也從中獲得了許多知識。

步美皺著眉頭，盯著人物關係圖看。

「聽說梨香跟片岡分手，是最近的事。」

「最近是指？」

她稍微歪著頭說：

「我大約是兩個月前聽到的。問她分手的原因，她什麼也不說，只說就是走不下去了。」

「走不下去？」

大學生交往、分手，算是家常便飯吧。在我那個年代也是如此，現在應該也沒什麼不同。

當我這麼想時，腦中突然浮現某個想法。

「原來如此！」

我下意識地指著關係圖中梨香的名字。

「原來是梨香呀！」

「咦？」

大家看了看關係圖，又看著我。

「梨香是松木先生的女兒。而以三栖先生的角度來看，她是自己好友的女兒。」

「是啊，所以呢？」

純也問道，他的表情就像是在說：「都這種時候了，你是在說什麼啊？」

「我指的是動機。」

「動機？」

「所謂動機就是說，是為了什麼而採取行動。」

大家一臉不解地皺起眉頭，或是歪著頭。

「意思就是，他們到底是為了誰才這麼做的。這當中有兩個男人，一個是松木先生，另一個是三栖先生。他們兩個人是好兄弟，儘管現在一個是刑警，另一個是黑道，處於對立的關係，但彼此還是很重要的朋友。所以松木先生不太可能綁架三栖先生，或是恐嚇威脅。因為就算松木先生沒有這麼做，三栖先生也會為了重要朋友的女兒捨身相救吧。因為他就是這樣的人。」

雖然他也許冷酷無情，但只要是為了保護自己重要的人，他是隨時做好捨棄一切的準備。

「咦？什麼意思？」

純也問。

「也就是說，這其中的關鍵人物是梨香嗎？」

「沒錯。」

把焦點放在這裡就沒錯了。

「這麼一來，所有的矛盾就都解開了。松木先生和三栖先生，他們倆都是握有權力、有能力的人。三栖先生是刑警，但卻沒有動用他刑警的力量，反而下落不明。而松木先生則是黑社會的幫派組長，但他也沒有使用自己的權限，而是迂迴地傳達訊息給我們。換句話說，從這情況來看，他們倆都被迫無法運用手上原有的資源。」

我指著人物關係圖上梨香的名字。

「這一切，都是為了保護梨香。為了保護她不受到某些危害，而無法出手。」

「某些危害？」

這也是我剛剛話說到一半時，腦中突然閃過的想法。

「就是非法藥物。」

「非法藥物？」

我環視大家。

「一開始的時候，我應該就說過了吧？如果說到三栖先生要拜託我們什麼事，根本的可能就是非法藥物了。如果要我們採取行動，就只能朝這個方向去想。所以那時候，才會想到要找橋爪先生來幫忙。」

「對耶。」

純也點點頭。

「甲賀小姐。」

「是。」

我拿起那個放在桌上，裡頭放著影印紙的資料夾。

「以前的話，有個方法是把ＬＳＤ[1]製成液體，用紙吸附後，將小紙片放在舌頭上吸食。現在也會這樣嗎？如果是化學合成毒品，也可以用這種方法嗎？」

甲賀小姐的身體猛地驚動了一下，從我手中接過資料夾。

「可以！」

「這個就是……」她盯著影印紙看。

「一張夾在圖書館館藏裡的影印紙，這種情況其實不會讓人察覺任何異狀，所以當時完全沒有想到這一點。不過，假設梨香的前男友片岡，是在學生之間流通化學合成毒品的藥頭；如果他

1：ＬＳＤ（麥角乙二胺），一種強效的迷幻劑，食用後會有瞳孔放大，體溫、心跳及血壓上升、嘔吐、頭痛等現象。

就是利用圖書館，作為他交易的場所；又或是實業組以外的黑社會幫派，打算將這個管道納為己有，而且警察又已經對他們的犯行有所警覺……」

大家都睜大了眼睛，坐得直挺挺的。

「搞不好三栖先生和松木先生，現在是將梨香護在身後，面臨著四面楚歌的困境。」

## 八

「四面楚歌是指？」

純也複述著這四字。

「不對。」

雖然是我自己說的，但又覺得說起來有所出入。

「不對，這並不是四面楚歌。他們為了保護梨香免於受害，而無法自己出手，這件事應該說不通。畢竟現在三栖先生和梨香在一塊，而松木先生還能夠出現在這家店裡，就代表他能自由採取行動。所以我剛剛說的應該不對。」

我思考了一會兒。

「還是說，他們三人陷入互相牽制的狀態了？因為各自不同的原因，所以變得無法行動。」

「是說像《關尹子》裡頭說的蛇、青蛙和蛞蝓的關係[2]嗎？」

步美說完後歪著頭，丹下太太接著問：

「那誰是蛇？誰是青蛙？蛞蝓又是誰？」

大家都往我這裡看。總覺得所有因素都湊齊了，但不知道如何匯整，看來必須再整理一下思緒。

「阿大哥，事情會不會是這樣呀？」

純也開始在紙上寫了起來。

「梨香的前男友片岡，就像以前的橋哥一樣，雖然還是學生，但就當起藥頭來了。梨香在不知情的情況下，和他交往。而三栖先生在調查學生間毒品、化學合成毒品流通狀況時，發現了片岡的身分，而且沒想到他還是好友女兒的男朋友。除此之外，松木也透過某些門路，大概是黑道之間的交易，察覺到片岡這個人的存在。」

純也一口氣說到這，停了下來。遲疑著，手也停了下來，還歪著頭。

「嗯……接下來似乎推論不下去了。只能想到這嗎？互相牽制，也就是要構成他們三人現在都無法行動的論點，好像還少了些關鍵？」

「的確是。」

到目前為止，他說得應該沒錯，但是還不夠充分。

現在三栖先生行蹤不明，而且也沒有打算有所行動的跡象。松木先生也只是傳來難解的簡

2：《關尹子．三極篇》：蝍蛆食蛇，蛇食蛙，蛙食蝍蛆，互相食也。意指相互牽制。

訊。而梨香則是和三栖先生在一塊，只透過門上的信箱投遞口丟出那張借閱證。

無論套用什麼條件，還是遍尋不著導致這三人無法採取行動的癥結點。

「等一下！甲賀小姐。」

「是。」

她稍微坐挺身子，看著我。

「如果有兩個互相對立的幫派，舉例來說，假設實業組要搶隔壁幫派的地盤，具體來講，他們會怎麼做？應該不會是我們在電影裡看到的那種，打打殺殺的方式吧？」

她點點頭。

「當然也有這種方式，因為最快的方法，就是殺了對方的老大。不過，如果這麼做，當然警方就會介入了。」

「也對。然後，他們就會隨便找個年輕人當代罪羔羊，讓他被抓去關吧？」

純也這麼說完，甲賀小姐點點頭說：

「你說得沒錯。雖然是電影裡常常出現的情節，但就是因為現實中真的會發生，才會被拍進電影裡。不過，這種事情幾乎全都是在暗地裡策劃進行的。」

「策劃？」

純也這麼問。

「也就是說，一開始就先收買敵對組裡，地位僅次於組長的少主，或是握有實權的人。接著，再把組長給殺了。之後，再跟那個少主交涉、約定，可能就會跟他說：『未來就由你來掌權了，你可要好好表現』這樣。」

「原來如此。」

丹下太太點點頭。

「實際上，組內還是維持原狀，只是實權變成掌握在對方手裡的意思囉？」

「沒錯。只是，這是非常危險的。如果出了差錯，可能會演變成跟對方最上面的頭兒全面抗爭的局勢。雖然他們是黑社會，但也不全都是些嗜血的殺人魔。一些小紛爭就算了，他們還是會盡可能避免大型鬥毆。雖然這麼說很奇怪，但他們……」

純也笑著說：

「雖然他們是反社會的組織，但還是必須好好在這個社會生存，是吧？」

「沒錯。即使是黑社會，但仍舊是要在整個社會環境中生存的組織。所以採取行動時，必須盡可能不出差錯。也就因為這樣，一般來講他們會爭奪地盤，也是經濟上的考量。」

「經濟上的考量，這是指交易往來嗎？」

純也這麼問，甲賀小姐也回答：「沒錯。」並且點點頭。

「如果在那塊土地上有好的交易、收入，他們就會在那裡紮根，而且會想擴展交易版圖。這就像一般的公司一樣，公司規模愈大，需要的人力也就愈多。」

「也就是說，要招募員工？」

「是的。」

甲賀小姐接著繼續說：

「黑社會裡最底層的人都很辛苦，說白一點，就是他們都很窮。所以，才會靠女人去工作來糊口。而這個時候，即使是敵對的組織，只要跟他們說有錢可賺，要不要加入，他們很輕易就會動心的。什麼拜把結盟，對老大要重情重義這種情節，只有在電影裡才會發生。」

「原來如此啊。」

丹下太太點點頭。

「只要像這樣從底層下手，就能弄垮對方組織。這麼一來，也能輕易做掉對方的頭兒，是嗎？」

「沒錯。」

這個我們所不知道的世界，沒想到做事手法還滿庸俗的，或者應該說，挺普通的。

「應該就是這樣吧。」

我這麼一說完，大家都歪著頭。

「這樣是怎樣？」

純也問。

「松木先生的實業組一直被上面施壓，這件事之前說過吧？要他們去搶敵對幫派的地盤。」

「對。」

「為了搶奪地盤，就必須動用幫派的力量，或是必須以經濟考量為優先。但是，我想無論是哪個領域都一樣，輕鬆賺錢的事情不可能那麼多。所以松木先生的幫派才會一直都處於底層階級。感覺起來，應該是這樣吧？」

「我想應該是這樣。」

「原～來如此啊。」

純也彈了一下手指，又開始在紙上不知道寫些什麼。

「松木的實業組沒錢，可能是因為他們沒碰毒品的關係。這之前有提過？」

他在紙上畫出箭頭。

「而且我們還聊過沒碰的原因，搞不好還是三栖先生的關係，對吧？雖然他們兩人的關係是好友，但一個是刑警，另一個人卻是黑道。可能是因為三栖先生，松木才無法碰毒品，又或者是沒去碰毒品。然後，這個。」

他指著在圖書館拿到手的那張影印紙。

「如果紙上真的有化學合成毒品，而梨香的前男友，片岡又是藥頭的話……」

他又繼續畫上箭頭。

「以有沒有賺頭這一點來看，松木、三栖先生、片岡之間，或許就會變成三方制衡的狀態了。松木和三栖先生是好友，松木和片岡之間的關聯在於梨香，三栖先生和片岡之間的關聯也是。」

「原來啊。」

只是，這究竟是怎樣的制衡關係，目前還不清楚。

「話說回來，假設這張紙真的吸附了毒品的話……」

純也拿起放有影印紙的資料夾。

「我們會發現這張紙，都是因為梨香把借閱證交給了我們。三栖先生若是在梨香身邊，那也就代表他已經注意到了片岡的罪行。儘管如此，片岡現在還繼續在當藥頭，對吧？雖然不知道松木的情況如何，但這一切就證明了三栖先生還沒對片岡出手。可是，這種事情有可能發生嗎？照理來講，三栖先生應該會馬上把片岡抓起來吧？雖然可能因為某些原因，而讓片岡繼續逍遙法外，那既然如此，又何必讓我們找到這些販毒的證據呢？」

「這的確有道理。」

「那麼，三栖先生不能採取行動，而且和梨香在一塊，這又是什麼情況呢？」

步美又接著繼續說：

「如果，假設他們現在處於〈三方制衡〉的狀況，那麼身為刑警的三栖先生不出手，應該不是要讓片岡逍遙法外，而是因為某些因素而無法逮捕片岡吧。但不知道那個原因到底是什麼。」

「嗯……」

純也和丹下太太發出呻吟。甲賀小姐也歪著頭。

「因為是好友女兒的男朋友，所以更不可能沒辦法逮捕吧。反而會更積極，慶幸好友的女兒沒事才對。」

「沒錯。」

純也說完，丹下太太點點頭後，轉向步美。

「步美，那個梨香啊……」

「是。」

「我這麼問，可能不太好，既然假設那個片岡是藥頭，會不會梨香也有參與啊？」

步美的眉頭皺了起來。

「我想是不會。畢竟她也不是那種人，當然她也沒有吸毒。如果有的話，我應該會發現的。」

大家聽了她一番話都點了點頭。雖然點了頭，也很想相信步美，但純也和丹下太太應該也都認為不能完全排除可能性。

畢竟過去發生過我那樣的事情。當時，我就完全沒察覺女友夏乃吸毒。

「這麼說，對步美可能不太好意思。」

還是先說一聲，讓步美有個心理準備。畢竟步美也清楚，我和女友過去事件發生的始末。

「假設，梨香已經被片岡牽連進去，甚至有吸食毒品，這也不會構成三栖先生無法逮捕片岡的理由。」

我這麼一說，甲賀小姐也點點頭。

「這麼一來，仍然不清楚三栖先生無法採取行動的原因。如果能夠掌握到這一點，接下來的對策應該也會比較明確。」

純也邊說，又開始寫起了筆記。

「接下來是松木。假設松木已經知道片岡是藥頭了，而且當他想要奪走整個通路時，發現片岡的女朋友是自己的女兒。不過，這也無法構成他無法行動的理由耶。畢竟他是梨香的父親，他大可姑且不論自己平常幹的是什麼勾當，直接責怪梨香：『妳到底在幹嘛？招惹到那什麼爛男人？』應該就解決了吧？」

「是啊。」

「就是說啊。就算梨香也是後來才發現男友涉嫌販毒，分手的事情也跟步美說了，一切應該就這樣落幕了吧。但是她卻突然沒去上學，還跟三栖老爺關在屋子裡，這到底是怎麼回事？」

丹下太太聳著肩接著繼續說：

「完全搞不懂原因出在哪耶。阿大，這個邏輯是不是行不通啊？無法構成三方制衡啊，不是嗎？」

「還是說，松木和三栖先生是對立的關係呢？介於他們之間的人，就是梨香？不過也說不通啊。以三栖先生的立場，他只要逮捕片岡，事情就解決了吧？雖然不太可能，該不會是因為他還得逮捕梨香，所以才猶豫了嗎？」

純也說完後，表情有些抱歉地，向步美輕輕抬起手示意。步美也認真地點點頭。畢竟這些都只是假設，她不會因此生氣。

「應該不是吧。」

丹下太太開口。

「假設松木努力不讓女兒被逮捕，但現在三栖老爺卻和梨香在一起耶。這樣是矛盾的吧。」

「這麼說也對。」

純也伸了個懶腰，看著天花板。

「會不會還有另一個關鍵人物啊？」

甲賀小姐說。

「另一個關鍵人物是指？」

「就像弓島先生剛剛說的，那可能是實業組上頭的幫派，或是敵對的幫派。如果整件事情跟他們也有關，那麼或許就可能構成三栖先生和松木都無法採取行動的原因了。」

「也就是說，還有另一派的勢力囉？」

我思考了一會兒。

這是黑社會幫派之間為了毒品的較勁嗎？所以三栖先生被牽連了進去，以致無法行動嗎？

「說不通。」

「這不對吧。」

我和純也同時說道。

「無論怎麼想，就是不覺得三栖先生會因為黑社會的毒品事件，搞到無法出手。他一定會利用自己刑警的身分來行動的。就算……」

我看了看大家。

「假設我們在場所有人被抓去當人質，就算他被威脅如果輕舉妄動，就要殺了他身邊的人，我認為他反而更加會有所行動。即使殺了所有幫派份子，也會設法保護我們的。」

「也是。」

大家嘆了大大的一口氣。他就是這樣的人。

「結果又要在原地打轉中結束了嗎？」

純也說。

「好不容易發現很多新消息，結果卻只是更加混亂嗎？阿大哥，還是這樣好了？」

「怎樣？」

「再來，應該就只剩強行進入這個選項了吧？我們到梨香的住處，強行把門打開，直接問他們到底在幹嘛。」

「大家都想這麼做啊。但就是因為這樣並不會比較好，所以才聚集在這煩惱，不是嗎？」

丹下太太語畢，不知為何，黑助突然「喵……」地拉出很長的叫聲。讓黑助坐在腿上的步美繼續撫摸著牠。

她一邊摸，突然抬起頭來。

「阿大哥。」

「嗯？」

「簡訊啊！」

「簡訊？」

步美看著甲賀小姐。

「傳到甲賀小姐手機裡的第二封簡訊。〈給阿大，淳平他們過得好嗎〉，因為這個提示，我們才掌握到松木先生和三栖先生是好友的線索，對吧？」

「是啊。」

「會不會關鍵就在這呢？像是三栖先生沒辦法行動的理由？」

大家都歪著頭。步美接著繼續說：

「三栖先生曾經跟阿大哥提起他和松木先生的事情吧？他還說了：〈這是年輕時的遺憾啊。到現在還變成了刺，扎在心裡某處。〉這就代表著，他們之間在年輕時發生了某些事情，三栖先生可能因此對松木先生心懷愧疚，或是欠他人情，所以現在才要透過這個事件，來還他當初欠的人情，會不會是這樣呢？」

我不禁睜大了眼。

還人情。

「就是這樣！」

純也大喊了起來。

「這麼一來，阿大哥！三栖先生沒有，或是無法行動的說法，就說得通了！」

我也用力地點頭。

「他們之間發生了某些事……」

我記得三栖先生曾經說過，他們在大學時曾經一起辦過活動。

因為這樣，發生了一些事情，兩人從此踏上不同的道路。

而且是很極端地一個當上刑警，另一個混起了黑道。

「如果這個人情，讓三栖先生認為，就算賭上自己的人生，也要還給松木先生的話，而且還認為只要他不採取行動，就能還得了這個人情的話……」

那事情就都說得通了。

丹下太太也皺著眉頭，一邊將雙手交叉在胸前，大大地點頭。
「如果是三栖老爺，的確有可能這麼做呢。」
「然後啊，丹下太太。」
傳簡訊的人到底是誰？大家心中一直存著這個疑問。
「我之前說過，傳的人不是三栖先生本人，而可能是松木先生。我想這一點應該還是沒錯的。三栖先生為了還這個人情，決定不採取行動之外，還因為某些原因而和梨香待在同間屋子裡。而松木先生覺得他這麼做並不妥，但自己又有無法出手解決的理由，換句話說，他為了推翻三栖先生的決定，所以才傳簡訊來，要我們來採取行動。」
這麼一來，三方制衡就成立了。
「三栖先生心想，只要自己不採取行動，就能還松木先生人情。」
純也繼續說：
「同樣地，對於三栖先生想要以此來還人情的行為，松木則是想要出面制止。」
甲賀小姐說：
「也就是說，梨香夾在中間，如果她做了些什麼，可能使事態變得更複雜，又或者她根本什麼也沒辦法做，所以只能跟三栖先生待在同一個屋子裡。」
步美接著說：
「可是，阿大哥。」
步美滿臉愁容，看起來非常擔心。

「嗯，我知道。現在問題就在於，還人情這件事，到底是指什麼了。」

甲賀小姐也皺起眉頭。

「從目前收集到的消息，還有我們所想像、推測的來看，只要不去追究片岡跟〈毒品〉有關的事，對松木先生的幫派就有所助益。也就是說，這是為了保護被上頭施壓的實業組。三栖先生應該是在想，這樣一來，就能還人情了吧。從目前的脈絡來看是如此。不過，那個三栖先生，實在不太可能放著毒品的案件不查。對於黑社會的毒品犯罪，他應該不可能睜一隻眼閉一隻眼。就算是要還好友人情，如果這樣做，反而會害得更多人犧牲。他不會允許這種事情發生。」

「這麼說也對。這樣的話……」

純也話說到一半，步美接著開口：

「阿大哥，你剛剛有說吧。」

步美一臉快哭了的樣子。

「你說：〈三栖先生也會為了重要朋友的女兒捨身相救吧〉。」

我確實有說。

「如果、如果三栖先生是想要以不採取任何行動，來讓松木先生的幫派有所獲利，最後是以鬥爭收尾的話呢？也就是說，如果以結果來看，三栖先生覺得就算自己送命都無所謂的話呢？或是他認為沒有盡到身為刑警的責任，對於自己睜一隻眼閉一隻眼的罪行，要以死相抵的話……」

啪！傳來很大的聲響。是純也拍了手。

「我知道了！三栖先生，還有松木都打算為了彼此送命！」

甲賀小姐驚訝地坐挺，看著我。

「就只剩，這個可能性了嗎？」

我這麼一說，純也接著說：

「三棲先生是為了要還某個人情，但松木並不認為這麼做妥當，而想要代替三棲先生去死。然而，松木如果不顧三棲先生的打算，也就是不打算採取行動這件事，梨香又可能遭遇危險，所以才暗示我們，讓我們去想辦法解決！阿大哥！這麼解讀，你覺得如何？」

「第三勢力啊……」

和實業組對立的幫派。

「他們也跟這個事件扯上關係。我猜，松木先生應該也被逼得束手無策了，甚至可能會丟了性命。不過，三棲先生賭上自己的生命，放水片岡的事情，這樣讓實業組有利可圖，進而東山再起，還能擴大地盤。這樣，不僅能救松木先生，讓他在上頭老大的面前又能有面子。不過，松木先生也不想讓自己的好兄弟命喪黃泉。可是又有重重阻礙，基於某些原因，他沒辦法自己出手救三棲先生。或許原因就出在梨香身上，所以……」

「他才用三棲先生的手機，讓我們出手調查。」

純也說。

大家各自開始思考。

「到目前為止，這個說法最合理。」

丹下太太說完，自己也用力點頭。

「如果是這樣，三栖老爺沒有動作，還有松木跑到我們店裡來這兩件事，就都說得通了。」

他們兩人，都是拚了命，默默地做著自己認為對的事。

松木先生就是來告訴我們，希望我們能夠打破這份靜默。

以現在三栖先生夥伴的立場。

告訴如同他們當年一樣，身為好夥伴的我們。

黑助突然在步美的膝蓋上動了起來，伸了懶腰。接著輕盈地跳到桌上，坐得好好地看著我。

像是在對我說：「所以，你打算怎麼做呢？」

甲賀小姐挺直腰桿。

「我看，還是跟我的上司報告比較好。」

「為什麼？」

純也這麼一問，甲賀小姐先是抿起嘴唇，接著說：

「剛剛那些推論，都說得通。我也認為事情應該就是這樣。所以，考慮到這種狀況，我覺得只能跟上司報告了。如果剛剛的推論都沒錯，那麼策劃要和實業組來上一場鬥爭的之本組，現在應該也已經在暗地裡活動了。在這種情況之下，不能再繼續將一般民眾的各位牽扯進來了。這個……」

她環視大家。

「這個應該不是三栖警部的本意。這一切應該都只是松木所設下的局。我不能再讓弓島先生你們遭遇到任何危險了。我回去馬上報告，請上司準備出動警力救出三栖警部。」

甲賀小姐站了起來。她站起身，低下頭來。

「給各位帶來麻煩了，真是非常抱歉。」

「請等一下。」

甲賀小姐抬起頭來。

「不是這樣的，甲賀小姐。」

「你是指？」

「這說不定就是三栖先生的本意啊。」

她瞇起眼來看著我。

「怎麼說呢？」

「圖書館的借閱證啊！梨香把借閱證交給我了耶，照理來講，三栖先生當時應該也在場才對。三栖先生應該也發現到松木傳了訊息給我們，所以才給了我們這個提示啊。也就是說，這起事件……」

「三栖先生認為我們是有辦法解決的。」

純也握起拳頭，伸向甲賀小姐。而此時甲賀小姐，露出泫然欲泣的表情說道：

「但是，該怎麼做？」

「我不知道。」

這是實話。該怎麼做，才能讓大家平安無事，並且讓整個事件落幕，我實在沒有任何頭緒。

「現在，我們不知道的應該還很多，所以就先著手調查吧。到目前為止，都是一些令人摸不著頭緒的事情，可是現在我們已經找到一個清楚的主軸了，我覺得整起事件的方向，應該就是這樣。既然如此，這次就換我們來主動出擊吧。」

「出擊是指？」

甲賀小姐這麼問，丹下太太接著點頭說：

「我知道了，阿大。你是要去見松木吧？」

「沒錯。」

而且，還有另一個人。

「松木先生的太太，也是梨香的母親，而且她還是三栖先生的好友，七尾美知子小姐。我也要去見她。」

說不定，她手上就握有這整起事件的關鍵。

「原因就在於，她和三栖先生、松木先生、梨香這些人都有關係，但卻似乎只有她不知道發生了什麼事。所以，她手中說不定有些什麼關鍵還沒有挖掘出來。」

而且，她應該知情。

有關三栖先生和松木先生之間發生了什麼事。

又是什麼，造成兩人踏上不同的道路。

＊

早上七點。我又比平常稍早些就從二樓下來開店。黑助也跟著下樓，在店裡繞了繞，就跳上了吧台。
「來，你的早餐。」
我把飼料放到盤子裡，黑助發出「嗚喵嗚喵」的聲音，吃了起來。當我要接著開始準備我們的早餐時，店門打開了。
「早啊。」
「早。」
看起來還很睏的純也走了進來。
「我要半熟的炒蛋。」
「收到。」
他坐到高腳椅上，捉弄著正在吃飯的黑助。黑助倒是不為所動，吃著牠的早餐。
當水煮滾時，門又開了。
「早安。」
「早。」
步美滿臉笑容地走進來。後頭則是跟著丹下太太的巨大身軀。
「我們剛剛在外面碰到的。」
丹下太太這麼一說，我看到橋爪先生也出現在門邊。
「早安。」
他還是一如往常，很有禮貌地站定，低下頭來打招呼。

「早安。不好意思，一大早就請你過來。」

「哪裡。」

不過，他那嚴謹、生硬的表情中，總覺得摻雜了些許的柔和。純也一如往常地叫了聲橋哥，而他也露出了淡淡的笑容。

「我也來幫忙吧。」

「謝謝。」

步美走進吧台裡，圍上圍裙，準備好吐司，接著把盤子擺好。這時候，丹下太太則是悠哉地倒了杯水來喝。每次步美進到吧台裡幫忙，她總是這樣把所有事情都交給我們，好像這樣看著我們兩人在吧台裡工作，是一件愉快的事。

「丹下太太，妳也來幫忙泡咖啡吧。」

「好啦，好啦。」

我這麼一說，丹下太太才笑咪咪地走進吧台。

滑嫩炒蛋、培根，還有沙拉。配上吐司、咖啡、優格，就是我們平常吃的早餐。需要的人，還有牛奶或蔬菜汁。有時候早餐還會吃丹下太太烤的麵包。

因為純也還年輕力壯，所以烤了兩片吐司給他，他把所有配料都夾進吐司裡，豪邁地吃了起來。步美則是只在吐司上塗了一半果醬。而丹下太太撕下吐司邊，泡在牛奶裡吃。每個人都各有所好，對於這一點，我一直覺得很有意思。

我多泡了一杯咖啡。接著點上一根菸。丹下太太把洛・史都華（Roderick David Stewart）的CD放進音響裡，按下按鈕。獨特的沙啞嗓音自音響傳來。

我昨天就已經打電話向橋爪先生說明了。他也認為事情大概就是如此。

「另外，也有拜託甲賀小姐今天上班時，盡可能調查之本組的相關情報。如果她調查到的資料夠多，可能會抽身趕到店裡來。如果是很重要的情報，也會直接打電話過來。」

我說完，大家都點了點頭。

「這部分，只能拜託她了。」

純也說。

「而純也，你則是負責去找片岡。」

「OK！我就假裝是梨香現在的男朋友。」

「我想，這應該是風險最小的做法。」

梨香說已經和片岡分手了。我們決定相信她，假裝純也現在正在和她交往。

「就這樣，去確認片岡是不是真的在當藥頭。」

「而那張影印紙，等檢查結果一出來，甲賀小姐說她會馬上傳簡訊過來。」

接下來進行的流程便是如此。不過，若檢查結果不如預期，那麼就會全盤推翻所有的假設。

「如果事情演變成那樣，純也就要再出馬一次了。」

「不過，就只是單純去探探口風，說我最近聯絡不上梨香，問他知不知道狀況，這樣應該可行吧？應該還滿正常的吧？」

「應該可以吧。」
丹下太太說。
「這年頭男人這麼沒用，就算因為這點事就擔心得不知所措，也不會覺得奇怪吧？」
「也是。」
橋爪先生也點點頭。而步美轉向純也。
「我想，還是我跟著一起去比較好吧？說是因為我找純也哥商量梨香的事情，這樣聽起來也比較自然吧。」
「步美，妳說得是沒錯，但是如果片岡真的是藥頭，根本不知道他背後會有哪些牛鬼蛇神的人。萬一發生什麼事情，還是我自己去比較好。畢竟不能把妳牽連進這種事情裡，也不能讓阿大哥擔心啊，對吧？」
純也這麼說完，她稍微低下頭來。
「妳就跟我一起在這裡等吧。只要跟我在一起，就沒什麼好擔心的。」
沒錯。只要跟丹下太太在一塊，就不需要擔心。雖然她已上了年紀，但還是能夠應付四、五個男人的。
「而我和橋爪先生兩個人，就去〈Seven Tail〉。不好意思，麻煩你陪我去一趟。」
「不要這麼說，這沒什麼的。」
橋爪先生說。
「就算你叫我不要去，我也還是會這麼做。」

他用力地點點頭。橋爪先生總是說他的人生是三栖先生救回來的。

「然後，直接問七尾小姐。而這次的事情，我也會全部告訴她。再怎麼說，她都是梨香的母親，女兒被捲入事件，也不可能都不讓她知道。當然，也要請她告訴我們三栖先生和松木先生之間到底發生過什麼事。然後……」

「再把松木叫出來吧？」

「沒錯。」

我拿出那天拿到的名片。

就算假設松木先生是因為被誰監視著，才無法出手救三栖先生，如果是被自己的同居人叫過去，倒是可以另當別論吧。甚至可以推斷，那天他會把名片拿給我，就是為了這一刻也說不定。如果並非如此，那麼他特地出現還給了我名片，就沒有意義了。

「如果能夠請他過來的話，這整個事件，應該就能真相大白了。」

「那如果他沒有來呢？或者是來了也還是搞不清楚真相的話，那該怎麼辦啊？」

純也問。

「應該不太可能。我猜，如果我們都已經調查到這個地步了，整個事態也應該有所變化才是。我是這麼認為的。」

「關於這件事。」橋爪先生說。

「昨天聽說的事情，我也覺得很有道理，我想八九不離十，應該就如同我們推斷的。不過，相信大家也有想到，而且甲賀小姐似乎也有提過，那就是還有一個令人不安的重要癥結點。」

他看著我。

「到底該怎麼做才有辦法解決呢？當然，只要掌握到三栖先生和松木的過去，或許就能發現些什麼。只要問七尾美知子小姐，可能就會發現新的真相，進而找到解決方法。但是，就現階段而言，我覺得除了讓警察介入之外，沒有其他的對策。」

對於橋爪先生的話，步美一臉不安地微微點頭。

「這次不可能像那個時候一樣。」

橋爪先生喝了一口咖啡之後，接著繼續說：

「不可能是三栖先生出現，解開所有真相然後就解決了吧？也不可能像當初大家合力救出步美時，單憑武力就能收場。如果，之本組真的在暗地裡搞鬼的話，不僅不能繼續查下去，反而得趕緊逃啊。在黑社會幫派面前，我們是無能為力的。我不覺得會有勝算。」

「當然……」他暫時停頓了一下。

「我也認為今天必須去找七尾美知子小姐。不過，就算她手上握有什麼關鍵情報，在這個情況之下，三栖先生既然已經做好丟掉性命的準備，我就不覺得事情有單純到我們能輕易解決。」

他堅定地看著我。

「我老早就下定決心，要花一輩子的時間來向你贖罪。如果要代替弓島先生你交出性命，我也已經做好赴死的準備。但是為了保護你，若能夠事先準備，我也希望能全部完善周全。如果，我是說假設，我碰到只能從三栖先生和你當中救出其中一個人的情況，我會選擇救你。」

「橋爪先生……」

「這件事……」

橋爪先生像是要阻止我說下去，繼續接著說：

「我也跟三栖先生說過了。當然，一般人生當中，應該是不太可能會碰上那種事情。但是，如果真的遇到非常時刻，我也已經決定好要這麼做了。當時，三栖先生也笑著說：『你會這麼說，我完全能理解。』若是說現在時刻已到，就算要對三栖先生見死不救，我也會好好保護弓島先生你的。所以，就算只是你的直覺也好，只要有任何你認為可以解決的方法或其他事，都請跟我說。」

他的眼神十分認真、真摯。橋爪先生用如此的眼神看著我。而我當然也不可能一派輕鬆地對他說：「你不用這麼想啦，別這樣。」

我小小嘆了一口氣。

尤其，如果是這份決心，支撐著橋爪先生現在的人生，那就更不能對他說出那種話。

我自己很清楚，我的人生是很微不足道的。我覺得，就繼續當我的咖啡店老闆，每天過著簡樸的生活，這樣就夠了。不過，如果身邊有人抱持著強烈意念，或是對我抱持著這樣的意念，對此，直率、坦然地回應這份善意、盡力做我能力所及的事，我認為這也是我的人生。

「但是，真的就只是我的直覺。」

「沒關係。」

橋爪先生點點頭。純也、步美和丹下太太也都將身體稍稍向前傾。

「我覺得問題出在梨香。」

「梨香？」

純也複述。

「這起事件的背後，應該還是跟黑社會的勢力對抗有關。不過，就算沒有發生這件事，勢力對抗的問題仍然存在，這種情況之下，像我們這種跟黑社會毫不相干的人，就算要採取什麼行動，也不能改變些什麼。但是，松木先生卻將事情交給我處理。三栖先生應該也發現到我去過梨香的住處，但是卻什麼也不跟我說。就只是默默地看著我們出手調查，換句話說……」

「整起事件跟黑社會勢力對抗沒有關係，是嗎？」

「並不是沒關係。我們先把這次相關人物當中的某人，當作是引發勢力對抗的入口，也就是把那個人當作是〈一扇門〉。三栖先生和松木先生都握有可以打開門的鑰匙，但是，他們卻不打算如此，而是放著不管。原因就出在，這把鑰匙可能像是卡片式的鑰匙。必須要符合一定的條件，像是需要指紋辨識一樣，只有特定的人才能使用，才有辦法打開門。所以，就算放著不管，也不用擔心。」

「這樣啊。」

純也說。

「那你說的那扇門，就是梨香嗎？」

「我是這麼認為的。」

打從一開始就是這樣。否則為什麼三栖先生會失蹤，而且還跟梨香在一塊呢？

「她的存在，本身就很重要。昨天，我說了『搞不好三栖先生和松木先生，現在是將梨香護在身後，面臨著四面楚歌的困境。』但是我又覺得這個說法不對。不過，他們兩人正保護著梨香，這一點準沒錯。」

橋爪先生像是突然想到什麼，身體抽動了一下。

「原來如此。」

他看著步美。

「能夠使用那把鑰匙的人，該不會就是……」

步美圓睜著雙眼。

「我在猜，可能就是這樣。這起事件，打從一開始就是如此。」

這把年紀還說出這字眼，實在很令人害臊，但是整件事的根本，就是〈友情〉。

「三栖先生和松木先生、七尾小姐。我和三栖先生，以及我大學時期的朋友。還有梨香和步美。全部都是因為友情而連結在一起的。」

替朋友著想的心意，或許就是打開那扇門的鑰匙。

「如果是這樣，根本不需要動用到什麼警察，也跟黑道無關。」

只要有堅定的信念，勢必就能解決。

## 九

「啊！」

她正開口要說出「歡迎光臨」時，就先發出了輕呼聲，露出笑容。

「早安。」

「歡迎光臨。」

松木先生的同居人，七尾美知子小姐。而對於在我後頭，跟著進到店裡的橋爪先生，她也輕輕低下頭來，示意微笑。

這時候，已經過了上午九點。我昨天來的時候，已經先確認好開店的時間。這裡上午七點開始營業，加上又位於住宅區內，所以我想應該很多人會在上班或上學前，來這裡吃個早餐或喝杯咖啡吧。

如果是這樣，現在這個時間，剛好就是她可以喘口氣休息，店裡幾乎不會有客人的時候。我就是如此盤算才選在這個時間過來，看來我的想法並沒有錯。現在店裡沒有其他客人。

這次我就直接往吧台走去。那裡只有兩張椅子，就算加上旁邊備用的折疊高腳椅，這吧台也只能坐上三個人而已，是個很小的吧台，大概是常客專用的吧。

「我記得你是弓島先生吧？」

「是的。」

「沒想到你馬上又到我的店裡來，真的很謝謝你。」

美知子小姐端上冰水，一邊露出微笑。她的微笑並非職業笑容，而是發自內心的親切感。連自己是松木的同居人，這種私事都說了，而且對方還是跟自己好友一起住的同業。如果換成我是她，應該也會把眼前的人當作自己人來招待吧。

如果可以，我還真想要只是單純來喝杯咖啡、聊聊天。美知子小姐營造的店內氣氛，就如同本人所呈現出來的氣質，甚是討喜。如果我自己沒有開店，應該每逢休假就會想來這裡喝咖啡，甚至變成這裡的常客。

不過，現在可不是喝咖啡閒聊的時候。

趁店裡還沒有其他客人進來時，我就開門見山地說了。

「七尾小姐。」

「是。」

美知子小姐露出微笑看著我。也許她正心想我們要點些什麼吧。

「不好意思，今天是有話想跟妳說，才過來打擾的。」

「有話想跟我說？」

她的笑容，依舊掛在臉上。

「是關於松木先生、三栖先生，還有妳女兒梨香的事情。如果方便的話，可以請妳先把店關起來嗎？」

這時，笑容才第一次從她的臉上消失。而且眉頭稍微皺了起來。

「咦？」

都到這個地步了，再兜著圈子說話也不是辦法。況且我也決定絲毫不隱瞞，全盤托出。

「其實，三栖先生現在下落不明。他好像跟梨香在一塊，而且似乎也跟松木先生有關。」

「松木他……」美知子小姐低聲呢喃。

我原先還以為她會起疑說：「會嚴重到要關上店門，到底是什麼事？」但我這麼想，可能有些失禮，畢竟她可是黑社會幫派組長的妻子。

她什麼也沒問，馬上就到外頭將營業紙罩燈關掉，在門口掛上「今日公休」的牌子，並且將門上鎖。她的這些舉動我是有事先預想到，但沒想到她會連百葉窗都全部拉下，還將燈光調到最暗，這讓我有些驚訝。橋爪先生也說：「原來如此」，一邊佩服似地微微點頭。

難道說，像這種非得讓她如此的事件，儘管不像家常便飯般頻繁，但也許以前曾經發生過。而她什麼都沒問，就做了這些舉動，也代表著她果然毫不知情。

美知子小姐回到吧台內，不見臉上的笑容。不過，她表情顯露出的並非憤怒或是害怕。如果真要形容，感覺比較像是感到抱歉的神情。

「應該有時間可以讓我泡杯咖啡吧？」

「有的。畢竟我可能要從頭講起，所以會佔用妳一些時間。如果可以，請妳一邊泡咖啡，一邊聽我說……」

「那我泡個咖啡囉。喝綜合咖啡，好嗎？」

「麻煩妳了。」

她看著橋爪先生，像是在問：「這位先生是？」如果要說明橋爪先生和我的關係，那又得另外再花上一段時間了。

「妳好，敝姓橋爪。我以前曾受過三栖先生的照顧，當然，弓島先生也相當照顧我。因為他們也讓我參與這次事件的討論，所以就一起過來了。」

美知子小姐點點頭說：

「你好，我叫七尾美知子。」

受到三栖先生的照顧，光是這麼說，她大概就有某種程度上的了解。現在先說明到這裡就夠了。美知子小姐也以熟練的動作，準備手沖咖啡。

「其實，是三栖先生的部下，因個人因素去到了我的店裡。」

就從這裡開始說起。若真要細說從頭，會花上不少時間。但為了讓她能夠完整了解，我便不慌不忙地，依照時間順序一五一十地告訴她。

這段時間，她沖好了咖啡，我和橋爪先生也喝了。我點上一根菸，吞吐著白煙。而在我說話的時候，橋爪先生除了一邊聽著他聽過的內容，似乎還一邊留意外頭的狀況。

大概，是我們被跟蹤了。又或者是這間店本來就被監視著。

昨天我來這裡之後，就差點被車撞，這一點就能證明了上述的可能性。當然，那應該單純只是個警告，抑或是要告訴我些什麼吧。應該並非真的想讓我受傷，或是想置我於死地。

若是如此，那麼負責監視的人可能就是松木先生，或者是他的手下，這個機率很高。我這麼快又再次來到這間店，而且還突然關起店門，就算沒有叫他過來，我認為也還是有他自己主動現身的可能性。搞不好這家店裡本來就裝了竊聽器，但我想，現在擔心那麼多也不是辦法。

美知子小姐也沖了杯自己要喝的咖啡，擺在吧台裡的桌上，她坐在小小的高腳椅上，盯著我看，一邊聽我講話。時而微微點頭，但絕不插嘴。

「這些就是所有發生的事情，還有我們的想法。」

我連昨天大家討論的內容都全部跟她說了。

告訴她，這就是為什麼我又來到了這家店。

「到目前為止，我認為只能靠妳的協助了。學生時期，三栖先生和松木先生之間，到底發生了什麼事？我想也許妳知道當時的情況，所以才想來問妳，而妳同時又是梨香的母親，我也希望由妳來判斷該怎麼做。」

美知子小姐抿起嘴唇，緩緩地點了頭。接著大大吐了口氣，站了起來，對著我們低下頭來。

「松木和梨香，都給你們添麻煩了。真的很抱歉。」

這不需向我們道歉。不過，身為妻子和母親，她會如此是非常理所當然。我們也姑且先點頭示意。

「弓島先生。」

「是。」

「老實說，我完全不知道發生了什麼事。我該怎麼做才好呢？還是我現在打電話給梨香看看？」

「請問妳們最後一次通電話，是什麼時候呢？」

橋爪先生這麼問她。

「我想應該是大約一星期前吧。不對……」

她拿起放在吧台上的小桌曆。

「正確來講的話，是八天前。因為那天店裡公休。」

「當時沒有任何異狀嗎？」

「對。」她點點頭。

「她就跟平常一樣。話雖如此，其實她平常不太會打電話過來。如果我打過去，她是會很自然地跟我說話，但是她幾乎不曾主動打給我。」

美知子小姐說，通常學校的事情，像是需要匯學費這類事務性質的事，全部都是以簡訊聯絡。

「不好意思，請問這是因為……？」

我稍微含糊其詞地問，她便點點頭說：

「她不喜歡黑道身分的爸爸，還有那種人的妻子，也就是我。」

她滿臉愁容，嘆了口氣。

「不過，那孩子也是大人了。尤其上了大學後，對我的態度也比較和緩，已經過了叛逆的時期。」

我點點頭後，思考了一下。

「八天前妳們講電話時，她並沒有任何異狀，就跟平常一樣，對吧？」

「是的。我問她最近過得好不好，她就回說她很好。」

我看著橋爪先生說：

「在問美知子小姐之前，要不要先把現有的可能性都先一一試過啊？」

「我覺得這麼做比較好。畢竟這些可能性我們不能完全排除，如果請美知子小姐打電話給梨香，也許她會接電話，所有事情也就能真相大白。」

美知子小姐也點點頭，拿起放在吧台上的手機。

「如果她有接電話，一開始什麼都不要問。就像平常一樣，只是想知道她過得好不好所以才打電話，看妳們平常會聊什麼，就聊什麼。」

「好。」

「還有，也請注意聽電話另一頭的狀況。看有沒有聽到什麼聲音，或者發出什麼聲響。」

美知子小姐表示明白了之後，就開始按起手機，並且拿到耳朵旁。電話應該已經開始響了。美知子小姐有時會看向我這邊，但一句話也沒說。

「她沒接。」

她嘆著氣，一邊將手機從耳邊拿開。雖然本來就不抱任何期待，但也失去了一個可能性。

「剛剛我有提到梨香的前男友片岡，這個人，妳有聽說過什麼嗎？」

她搖了兩、三次頭。

「我只聽她說過有男朋友。不過，對方叫什麼、是怎樣的男孩子，她從來沒跟我說過。」

這麼一來，第二個可能也沒了。當然，這必須是以美知子小姐據實以告為前提，不過我不認為她是在說謊。

在詢問美知子小姐，松木先生和三栖先生發生過什麼事之前，我決定試試最後一個可能。

「那麼，有可能請妳現在打電話給松木先生嗎？就是說，平常如果有事，妳會在這個時間打給他嗎？」

她稍微想了一下。

「我沒有在早上打給他過耶。其實本來我們就幾乎不通電話，而且我也不清楚他到底在哪裡做什麼。」

「可是……」

橋爪先生問。

「打電話給他，應該也不成問題吧？」

「這個的話……」

「當然沒有關係。」美知子小姐點點頭。

「雖然只是同居人，但再怎樣我還算是他的妻子。雖然真的非常少，不過有時候他會打電話給我。大部分都是打來問梨香的近況。」

我想重點就在這裡了。

「請問他最近一次打電話來是什麼時候？」

美知子小姐好像也察覺到這一點，表情稍微有些變化。

「這麼說起來……」

她看著手機，似乎在一面回想。

「那一次他是打店裡的電話。」

她又看著桌曆。

「對了，是四天前。四天前我正要關店的時候，所以是晚上十一點前打來的。」

「他感覺起來也跟平常沒兩樣嗎？」

她點點頭。

「他先問我最近如何，也聊了彼此的身體狀況、店裡的生意。後來，他就跟平常一樣，問了梨香最近過得怎樣。」

美知子小姐好像突然想起了什麼，臉部表情抽動了一下。

「我們還有聊到三栖！」

「三栖先生？」

「沒錯。松木說：『最近碰到了好久不見的三栖。』我問：『他過得好嗎？』他就說：『那傢伙啊，一點也沒變。』聽他的口氣，像平常一樣，好像很開心。」

好像很開心？我這麼一問，美知子小姐也稍微露出笑容。

「他這個人啊，最喜歡三栖了，從以前就是這樣。無論他有多生氣，只要聊到三栖，他的心情馬上就會變好。」

「是喔？」

也就是說，他們兩人的感情好到這種地步。

「那你們有聊到，他們兩人見面是因為偶遇，還是有事才約的嗎？」

橋爪先生問。美知子小姐繃著臉，微微點頭。

「他那個人，平常完全不會跟三栖聯絡，因為他也知道自己的身分。所以，他們隔了這麼久碰面，應該完全是偶遇，不然就是三栖跟他聯繫的。但那個時候，他有說是三栖主動聯絡他。」

「三栖先生主動嗎？」

「我問他三栖有什麼事嗎？他只回我沒什麼。不過通常他這樣說，大概都是跟三栖的工作有關。我想三栖應該是來給他一些忠告吧。」

「忠告嗎？」

美知子小姐看著我。

「弓島先生你們所推測的，大致上都是對的。松木待的實業組不碰毒品，一直以來都沒有，就是因為三栖的關係。松木絕對不會自己主動去碰，就算不得已被牽連進相關的案子裡，三栖也一定會去壞事。所以，當時在電話上，我也猜想大概是跟毒品有關的事吧。」

我和橋爪先生彼此對看。

「你們聊的事情，就只有這些嗎？」

「就只有這些。啊！還有聊到三栖還沒有女朋友，就是這些平常會聊的閒話。」

美知子小姐對著我和橋爪先生，稍微露出微笑。

「一般人對黑社會的觀感，大概就是覺得都是些不正經的人，雖說的確也有許多不像話的人，但是，我和松木、三栖是同學。是從高中、大學一起過著一般學生生活的朋友。聊到老朋友相處時的氣氛，我想你們應該可以想像吧。」

我們倆點點頭。我只要回想起淳平他們就好了，無論現在處於何種身分、立場，只要回憶當年，就能瞬間回到那時的心情和狀態。

而美知子小姐和松木，雖然現在是黑社會幫派組長和他的妻子，就某方面來講，他們的身分、立場特殊，儘管如此，只要聊到三栖先生，他們就能像是回到當年，只是普通同學的關係吧。

就這個層面來看，也許這兩人之間，無時無刻都存在著三栖先生的影子。

「不過……」

美知子小姐繼續說：

「現在仔細想想，在電話裡提到好久不見的三栖，這件事或許還滿稀奇的。因為通常，都是為了談論某些事打來，不然就是聊到梨香，幾乎都是這樣。」

「這樣呀。」

松木打電話到這裡來，是四天前的事情。

這跟三栖先生失蹤的時間幾乎吻合。

「感覺不像是巧合。」

橋爪先生這麼說，我也點點頭。

「就在失蹤事件發生之前，他們兩人見了面。這麼推測應該是合理的。」

我看著美知子小姐。

「可以請妳打松木先生的手機嗎？告訴他我正在這間店裡，希望可以見他一面。」

她點點頭，繃著臉。

「我知道了。」

可以聽到手機按鍵的聲響。美知子小姐將手機拿近耳邊。電話鈴響應該已經響起。美知子小姐稍微咬著下唇。

美知子小姐的身體晃動了一下。

「喂。」

他已經接電話了嗎？我和橋爪先生不自主地將上身向前傾，而美知子小姐則是看著我們。

「咦？請問你是哪位？喔喔。」

此時，美知子小姐的身體裡，似乎有些什麼突然快速抽離。

「好久不見了，你最近好嗎？」

她跟電話那頭的人這麼說，一邊對著我們輕輕搖了兩、三次頭。這應該表示接電話的人並不是松木。

「對了，他人呢？喔喔，這樣呀。所以現在聯絡不上他囉？」

美知子小姐的表情中，稍稍掠過一絲不安的神色。

「我知道了。等他們結束後，幫我轉告我有打電話過來，我就在店裡頭。」

「謝謝。」她最後這麼說完，就掛上了電話。她將臉轉向我們，皺起眉頭。

「聽說上面的人，也就是他們老大的那個組叫他過去，所以他正在對方家裡。」

「沒有帶手機在身上嗎？」

她搖搖頭。

「那是個很多幹部聚集的集會，這種時候大家都不會把手機帶到屋裡，而是交給在外面等的人保管。」

聽說剛剛接電話的人，是常常跟著他的年輕人。

「這樣呀。」

「會在早上有這種集會，大概是一年一次固定的例會吧。他們還會一起吃午餐，所以我想應該會花不少時間。」

這麼一來，打電話讓他們有所行動的可能性也消失了。現在就只能等松木先生回撥電話了。

「不好意思，美知子小姐。」

「是。」

「在大學時代，不對，應該是說過去松木先生和三栖先生之間，到底發生了什麼事？可以請妳告訴我們嗎？」

她先是咬了一下嘴唇，接著點點頭。她拿出一根香菸，點了火，吐出細細白煙。

「從高中二年級開始，我和松木、三栖就一直同班。」

＊

不過，聽說在國中的時候，松木和三栖就已經見過幾次面了。他們在國中都是籃球社，所以在比賽的時候常常見到彼此。而且聽說當時兩人可都是王牌級的選手喔。

咦？奇怪，不知道為什麼，他們倆高中的時候都沒有參加籃球社呢。松木是「回家社」，三栖則是參加了劍道社。沒錯，就是劍道社。我也是後來才聽說的，似乎在當時，三栖就已經決定未來要當警察了，所以才想在劍道或是柔道取得段數。

從那個時候開始，我們三個人的感情就很好。可以說是氣味相投吧？但不是男女之間的那種關係，就只是彼此想法等等的很合得來。

松木很喜歡古典音樂，好像會在家裡作很多曲子，或是練習。像是彈吉他啊，鋼琴等等。學校裡沒有這類的社團，所以他就一個人埋頭苦練。你沒聽錯，那個人啊，就是很喜歡、也很擅長做這種腳踏實地、枯燥的事情。是個很認真的人呢。

可以說他正直，又或該說是有行俠仗義的精神吧。總之，正義感強的，不是三栖，而是松木呢。現在想起來，說不定松木去當警察還比較適合呢，因為他就是這種個性的男人。

認真、講義氣又行俠仗義。

嗯，這麼說來，就某種層面來說，或許他也同時具有成為黑道的特質。當時，三栖比松木受歡迎多了。長得一臉俊俏，還有很多女孩子是他的粉絲呢。

不過，這個人很冷淡無情的。嗯，從那時候就是這樣。

雖然不是要說他的壞話，但是他就是只要自己滿意就好的那種人。不管身邊的人如何，只要他覺得好就好。

就這方面來看，他說不定是最不適合交往的男人。

我因為很早就了解到他這一點，所以對他從來沒有男女之間的情愫。

相對地，他很適合當朋友。他細心，行動很幹練，又聰明。如果碰到想要跟他一起同樂的人，他就會對人家很親切。就像玩遊戲一樣，如果是他喜歡的遊戲，你對他說那遊戲很有趣的話，他就會從頭到尾教你怎麼玩吧？就是那種感覺。
不過，他們兩個人，到底是什麼時候、在哪裡變成好朋友的呢？
身為女人的我，有些部分我不清楚。
當時因為他忙著社團，所以我們也沒有那麼經常玩在一起。不過，就是從為了準備考試而退出社團的時候開始的吧……。
當我們發現彼此都要考同一所大學時，就常常三個人一起唸書。
嗯，沒錯，就我們三個人。在我們班上，要考同所大學的人，就只有我們三個。所以就常常待在松木的家裡唸書。
松木的家裡，就只有他和他母親，是單親家庭。
不過，他們住在一間很大的房子裡。聽說他爸爸是公司的社長，雖然已經過世了，但當時公司很大，也賺了很多錢。但是，在他國中的時候，父母就離婚了。
儘管如此，他們好像還是拿到了很多的贍養費、教育費，還有那棟房子。所以，他和母親兩個人，就住在那間可以稱之為豪宅的房子裡。
可是，他的家庭生活是很寂寞的。
雖然並不是要把一切都怪給環境，但是如果他家能夠稍微再有點像家的樣子，我想松木或許就不會走上這條路了吧。
松木的母親，根本就放著他不管。
完全不煮飯，自己只顧著和年輕男人遊玩，或是到國外旅行，就是典型的放蕩路線。聽說有時候還會一、兩個月沒回家呢。

沒錯，那段時間，松木就是一個人住在家裡頭。

要說是放任主義，講起來是很好聽，而且對於高中男生來講，可能放任他不管還比較好呢。

但是，松木當時很孤單。

當然，這種事情他不會自己講，是我自己猜的。他應該覺得自己是被拋棄，父母親根本就不管他的死活，我想，他當時內心應該是抱持著這樣的想法吧。

既然這樣，不如去當小混混還比較輕鬆快活呢。

你們應該也想像得到吧？這麼做的話，應該就有可以宣洩情緒的出口，還可以胡亂鬧事。如果當時他把一些小混混帶到他家裡去，胡搞瞎搞的，或許還不會變成現在這樣。

但是，他是個很認真，很有正義感的人。

他沒有辦法像那樣自暴自棄。

所以，我們才會三個人在松木的房間裡，唸書唸到半夜。晚餐，就叫想吃的外送。當時真的很用功，不過想稍微休息時，還是會看一下電視啦。

啊！對了！或許就是因為有我和三栖在的關係，松木才沒有變壞吧。

但是，搞不好也是因為這樣，使他不能變壞，才讓他一直很痛苦也說不定。

就這方面來說，或許我也是害他變成現在這樣的原因之一吧。

嗯，我曾經這麼想過。

或許三栖也有同樣的想法。

我們三人都順利考上大學。

當時真的很開心。現在回想起來，那也許是人生中最開心的時候了。

三栖也突然變開朗了。不對，其實他本來也不是很陰沉的人，但該怎麼說呢，他就像是得到解放，開始會攬著大家一起融入。對，他不再是自己開心就好那樣。

松木也像是受到他的影響似的，變得比較外向。身邊的朋友變多了，也開始會四處遊玩了。

你沒聽錯喔。他們兩個人，本來就頭腦很好。但我指的不是會唸書，而是在很多面向上，他們腦筋很好。如果他們去做普通的上班族，我相信也一定會出人頭地。

後來，三栖開始會聚集學校裡的同學，在學校裡舉辦一些活動。真不知道做這些事情哪裡有趣了。一開始他是舉辦露營、滑雪大會這類比較單純的活動，後來他開始把範圍推往其他大學，開始舉辦旅遊活動或是迪斯可舞會。

人長得帥、開朗又善於交際的三栖身邊，總是聚集了很多人。而松木則總是跟三栖在一塊，協助他舉辦活動。

他當時是真的做得很開心。

松木是真心喜歡協助三栖，而且好像還相當樂在其中。

三栖具備他所沒有的特質，跟三栖一起行動，而且也受到三栖信賴，這一定讓他很開心。

大學二年級的時候，我已經在和松木交往了。

每當他喝醉的時候，就會說出這些話。

他說：只要是跟三栖在一塊，我什麼都會去做。他好像還說過，幫三栖的忙，就是他活下去的意義這類的話。

可以說他是對三栖投入了全心全意吧。

畢竟三栖就是具備某種群眾魅力，是具有王者風範的人啊。

而松木，他則是把自己當成守護王者的騎士。這可不是在開玩笑喔。因為，上了大學之後，他突然開始去學拳擊。他還說自己必須要鍛鍊身體。

而且他當時滿強的喔。好像拳擊場的人還叫他要去當職業選手呢。

嗯。

你們是想知道那兩人之間有什麼芥蒂吧？當時確實有發生了些事。就是三栖說令他〈後悔〉的事情。

是那件事嗎？該從何說起才好呢？

當時是大學四年級的春天。

詳細情形，他們並沒有告訴我。所以直到現在，還是有很多我不清楚的部分。所以我也不確定，原因是不是就真的是出在這裡。

那個，三栖口中令他感到〈後悔〉的，不知道是不是指這件事。

當時在某場活動裡，好像有找了一位別間大學的女孩子來幫忙。不過，那個女孩似乎是某個黑道的情婦。

當時因為發生一些狀況，那場活動失敗了，也帶來了損失。當時的損失金額，對於大學生來講，好像是一筆很大的數目。

對，他們因而背負了債務。

三栖和松木，都說這件事是自己的錯。聽周遭的朋友說起來，很多人說是因為松木獨斷的決定才導致失敗的。還有人說，都是三栖把所有事情都推給松木做才造成如此結果，不過我認為這一點是不可能的。

後來，那筆損失，也就是負債，聽說是某個黑道的人代為償還的。

所以債務就一筆勾銷了。

但也因為這樣，松木就開始在酒吧裡打工。而那間酒吧，就是那個黑道人士的店。

一切就從這裡開始的。

＊

美知子小姐夾雜著嘆氣說：跟黑道扯上關係，就是從那個時候開始的。

「那當時的女大生是？」

就目前聽到的內容，很難理解她與整件事情的關聯。美知子小姐苦笑著說：「喔喔。」

「那個女孩子沒有什麼特殊的牽連啦。就只是參加了活動，看到最後損失慘重而已。然後，因為她覺得松木很可憐，所以就把這件事情跟她的黑道男友講了，問他能不能幫忙。」

「那個女孩子為什麼要這麼做啊？」

橋爪先生這麼問，而美知子小姐則是歪著頭說：

「這個部分我就不清楚了。我覺得她應該也不是跟松木有什麼特殊關係。好像就只是拜託那有錢的黑道男友幫忙而已。」
「這麼說起來，三栖先生說的〈後悔〉，就是指當時沒能幫上松木嗎？」
「大概吧，我想應該是。不過我在想，在三栖出手幫忙之前，松木應該早就已經下定決心了，決定自己〈不可以給三栖帶來麻煩〉。如果這件事情靠他一個人努力就能解決的話。」
「一個人努力，是指在酒吧裡打工還錢的意思嗎？」
「就是這樣。」
因此，松木先生就一腳踏入了那個世界。橋爪先生稍微歪著頭。
「債務的金額大約是多少呀？」
美知子小姐說她不清楚。
「松木根本絕口不提這件事。不過，對於那個年代的學生來講，真的是會嚇到臉色發青，感到人生絕望的金額，應該一、兩百萬跑不掉吧。」
而且，也不可能求助於父母親。
「對於拋棄自己的父親，他應該也沒去拜託或提起這件事情吧？」
「嗯，我是這麼覺得。總之，松木就獨自背負了一切，而三栖也讓松木這麼做。」
美知子小姐看著我。
「如果，三栖心裡一直想著要還松木人情的話，我也只能想到這件事而已了。」
學生時期欠了黑道錢，為了償還，松木先生才踏入了那個世界啊？這聽起來的確可能發生。當我還是學生時，就聽說過有同學，因為打麻將跟黑道借錢，最後吃盡苦頭的案例。

「可是……」

橋爪先生說：

「債務就只是單純的債務而已。像那種手上還有經營店家的有錢黑道，應該只要把錢還清，他就會放過你了吧。像那種人，是很怕麻煩的。更何況，那還是他自己主動借出去的錢，應該是地位滿高的人吧。那些錢最後都還清了吧？」

「最後都還了。」

美知子小姐點點頭。

「那麼，為什麼松木先生卻還沒辦法抽身呢？」

「因為他覺得自己欠了人家人情啊。」

美知子小姐嘆了口氣。

「就像我剛剛說的，他真的是個講義氣又認真的男人。對於救了自己的人，他一心覺得自己必須要報答對方才行。在打工的過程當中，對方拜託他做了很多事，就在他摸熟了那些事情後，他就讓對方收為小弟了。後來也就無法脫離那個世界。」

「那麼，當時借錢給他的人，就是現在上面的老大囉？」

「沒錯。」

三人稍微沉默了一會兒。

他沒有回撥電話過來。咖啡廳附近也沒有特別的異狀。我吐了口氣，拿出一根菸，點燃。

「弓島先生。」

「嗯？」

橋爪先生看著我。

「剛剛美知子小姐說的話，就某種程度上，我是可以理解的。因為自己沒能幫上忙，導致松木先生踏入黑道的世界，這的確會在自己心中留下遺憾和悔恨。如果我是三栖先生的話，應該也會有同樣的想法。但是……」

他接著轉而看向美知子小姐。

「這次，三栖先生是要放棄他自己的工作。如果弓島先生的推論是對的，他甚至是不顧自己的性命也要還松木先生人情。我說的可是那個三栖先生。」

他的話中帶著力量。

「就我所知的三栖先生，他從骨子裡就是個刑警，嫉惡如仇。但同時，他也對事不對人。我想他應該是到死都會繼續當刑警的。於是，我心中突然冒出一個疑問，剛剛的事情，是足以讓他這種人決定拋棄刑警這個天職，甚至賭上性命都要還的人情嗎？」

「你這麼說，確實有道理。」

我這麼一說，美知子小姐也微微歪著頭說：

「可是，我只想到可能是這件事。實際上，我和弓島先生一樣，有聽過三栖講過那些話。」

說他很後悔，當初的遺憾，至今都還留在心中。

「他當時有這麼說，是嗎？」

「是的。但到底是什麼事情，我就沒有聽他說了。」

我們三人陷入沉思。
的確，這一切是說得通的。若是這種事，會長年抱著想要還人情的想法，也是理所當然。
不過，這個人情也確實太小了。
「其他，還有沒有發生過什麼事情呢？」
好兄弟。
他們倆無論做什麼都一起行動。三栖先生就像是太陽，而松木先生宛如是月亮。
「妳當時覺得，三栖先生就像是王者，而松木先生就像是負責守護的騎士，對吧。」
「是啊。」
美知子小姐還說，她認為這層關係到現在仍舊沒變。
如果是這樣的話……。
「我知道了！」
他們看著我。
「你想到什麼了嗎？」
橋爪先生問。
不過這只是我的推測。
「三栖先生是在高中的時候就決定要當警察的吧？」
「對。」
美知子小姐點點頭。

「當然，這件事松木先生也知道吧？」

「是啊，他可是打從心底支持三栖的。」

這一切都是為了完成警察這個夢想。

「七尾小姐，大學時期惹出麻煩的人，看來不是松木先生！」

「咦？」

「這是什麼意思？」

美知子小姐瞇起眼來。

「當時出錯、搞砸的人，一定是三栖先生。」

「你說什麼？」

「而且，三栖先生跟剛剛提到的黑道情婦之間，可能也有什麼更深一層的關係。不是單純三栖先生對那個女生下手這麼簡單。當然，活動失敗帶來了那筆債務，但是會失敗，搞不好跟那個大學生情婦也有關係。」

現在，換美知子小姐睜大了眼睛。

「一個想當警察的人，如果有前科的話，那麼這條路他就不用走了。當然，應該有其他的解決辦法，但至少可以確定，他會離這條路很遠。而且，三栖先生惹出的麻煩，如果沒有處理好，搞不好一輩子都會被黑道纏著不放，或者甚至涉及犯罪，最後變成有前科的人。」

「弓島先生！」

橋爪先生發出驚呼。

「那麼，松木先生他是……」

「我在想，可能就是這樣吧。」

犧牲了自己。

一定，是他自己心甘情願犧牲的。

「對於松木先生而言，三栖先生應該是獨一無二的人吧。三栖先生就是在他被家人拋棄時，安慰了寂寞的自己，並讓自己振作起來的好兄弟。而這個好兄弟的目標是要成為警察，這對於松木先生而言，大概也是很驕傲的事。」

三栖先生會成為一名出色的警察。

成為守護正義的男人。

「如果三栖先生斷送了這條路，對松木先生而言，應該也無法忍受。所以，他才決定由自己來保護三栖先生。」

一定是這樣沒錯。

「他應該心想，現在是該由他來保護三栖先生未來的時候，甚至覺得自己活到這個時候，為的就是這一刻。否則，他怎麼可能做出這麼痛苦的決定？讓自己背負債務、到黑道的酒吧工作，甚至成了對方的小弟。又怎麼會放棄自己的人生呢？」

因為，有比這些來得更重要的事情。

「這麼一來，一切就說得通了。」

是因為當時松木先生的犧牲，才造就出現在的三栖先生。就是因為松木先生放棄了一般人的人生，才能有現在的他。

「如果是這樣的話，那應該就會想要捨命還人情吧。」

如果是三栖先生的話。

## 十

又是一陣沉默。

美知子小姐手裡拿著咖啡杯，盯著杯子裡頭看，沉默不語。雖然我剛剛說的，只是針對三栖先生和松木先生，雙方之間發生的事情所做的推測，但她應該也需要再三思索。

香菸的煙霧縹緲。

當中，還摻雜著美知子小姐吐出的微弱氣息，煙霧飄動扭曲，消散。

「這到底是怎麼一回事。」

我聽見小小的聲音。在她緩緩抬起的臉上，帶著微微的笑容。

「我跟三栖已經當了將近三十年的朋友，跟松木還是夫妻，但卻從來沒有想到這一點。」

她的聲音裡，摻雜了懊悔、悲傷，但又令人感到溫暖。

「真是不甘心，一直以來我竟然都沒有察覺。果然男人和女人還是不同嗎？」

這一點，我不予置評。

「這也代表，三栖先生和松木先生是以堅定的心情，徹底地隱瞞吧。」
我這麼一說，橋爪先生也點點頭。
「雖然只是假設，但這麼一來，三栖先生失蹤的根本原因也找到了。」
「我也這麼覺得。」
放棄刑警工作，決心不採取行動的理由。
就是為了還人情。
「只要三栖先生不採取行動，一定就能將松木先生從絕境中救出。但是，松木先生知道了三栖先生的想法，也知道他並不是在開玩笑。雖然試圖想辦法阻止三栖先生的決心，但是又基於某些原因而無法出手，所以才……」
「所以才傳簡訊。傳給三栖先生現在最好的朋友，也就是弓島先生你。」
「事情應該就是這樣吧。」
美知子小姐深深吸了口氣，再吐氣。喝了口咖啡，她燃起一根菸。
「松木他啊。」
「是。」
「他跟黑社會的關係愈來愈密切，我也不是就閉嘴放任他不管。畢竟，我也只是普通的女人，對黑社會也沒有好印象。」
我認同她的說法，點點頭。
「不過，作為松木的女友，我也試圖阻止過他，因為無論什麼事，他都會告訴我。我提過好幾次分手，他也是，但最後還是沒分。」

「這是……」

橋爪先生繼續問：

「為什麼呢？抱歉，我知道這是個蠢問題。」

美知子小姐露出淺淺的微笑。

「因為我愛他。這種話實在是陳腔濫調，但是，我後來覺得松木做的並沒有錯。」

「沒有錯，嗎？」

「對。」美知子小姐點點頭。

「但我並不是要認同黑社會，不管要怎麼去用言語修飾它，黑社會就是黑社會。像松木，他也是犯罪的人啊。雖然到目前為止還沒有坐過牢。」

「沒有坐過牢嗎？」

「沒有。」

她有些戲謔地露出微笑說：

「他也不像弓島先生一樣有被三栖逮捕過。」

「從這一點來看，就可以知道他腦筋有多好了，對吧？」

橋爪先生這麼說，我也用力點頭說：「是啊。」

「他現在做的勾當都是犯罪行為，所以也沒什麼好驕傲的，但是他做事不是靠拳頭，而是靠腦袋。不過，要讓底下的人服從，還是需要強而有力的拳頭才行，所以他也精通格鬥技。」

我回想起那一天碰到的松木先生。雖然身材纖瘦，但是像上班族的西裝底下，的確可以感受到那體格是有力的。

「無論他是走上哪一條路，儘管是踏入了黑社會，這也是他自己判斷後所選擇的道路。所以這當中並沒有什麼誤會或對錯。他就是有辦法照著自己所畫下的地圖來走。這一點，從我認識松木以來，就一直這麼覺得了。而三栖也是一樣，他們彼此都具有〈強烈堅定的意志〉。」

「所以……」她接著繼續說。

「我想繼續當他的女朋友。他被父母親拋棄，也沒有兄弟姊妹，是個很孤單的人。又加上必須和好友分道揚鑣。所以我決定，至少還有我能夠陪在他身邊，我想繼續看著他走向未來的道路。他也回應了我的心意，但唯獨結婚，他說他辦不到。因為他希望我能夠繼續當個普通人。」

「所以，松木先生對妳還是很誠實囉？」

「是啊。」

美知子小姐看進我的雙眼，接著說：

「只有對我和三栖，他是誠實且真誠的。當然還有對梨香也是。無論他在外面騙了誰，或是命令誰把哪個爛人丟到海裡去，面對我們，他還是跟以前一樣，是個很真誠的人。我就是知道他這一點，所以才一直以來都跟他在一起。」

當人為了另一個人著想的時候，那份心意是無法阻擋的，即使眼前面臨了阻礙。美知子小姐嘆了氣。

「不過說這些話是很自私的。畢竟因為松木而吃盡苦頭的一般人，大有人在。對於他們而言，應該巴不得松木現在就去死了算了。這個我也能了解。」

關於這一點，我什麼也說不出口。只能點點頭。只是，有一件事我很想問。

「美知子小姐，三栖先生到現在，還是真心想把松木先生抓起來嗎？我是指，為了讓松木先生金盆洗手的意思。」

松木先生會成為黑社會幫派的一員，原因我能理解。但是，這已經是二十年前的事情了。

「債務也還清了，該盡的道義也盡了。如果是這樣，我想三栖先生大可說服他離開黑社會，或者硬是將他逮捕，讓他藉此離開那個圈子吧。」

「是啊。」她點點頭。

「但我也只是聽過這樣的傳聞罷了，聽說三栖是真的想把松木給抓起來的。但是，當然他很忙啦，不可能一天到頭都盯著松木不放。不過，松木倒是有說過，如果他被抓了，一切就都結束了，所以說什麼也不能被抓到。」

「松木先生這麼說嗎？」

「是啊。」

一切都結束了，這是指……。

「離開黑社會的意思嗎？」

「沒錯。」

可是，這……。我和橋爪先生彼此對望。

「都當到幫派組長的人，有那麼容易就能抽身嗎？」

「應該沒辦法吧，除非發生什麼非同小可的事情。」
「也就是說……」
橋爪先生說。
「只有死路一條，是這個意思嗎？」
美知子小姐緩緩地點頭。
「離開黑社會，等於只能死。假設三栖把松木抓去坐牢，這段時間，可能就是實業組裡的某個人當上組長，或是整個組被敵對幫派給搶走。無論結果是哪一個，等松木從牢裡出來的時候，他還是得做個了斷。」
「妳說的了斷，就是指『死』嗎？」
她先是緊閉雙唇，後來點點頭。
「大部分的情況，都是這樣。一個當到組長的人，除非是發生奇蹟，否則很難全身而退的。所以，松木用盡心思不讓自己被三栖抓到。畢竟，三栖是個不手軟的人。而松木到目前為止都沒有前科，也就是因為這樣啊。實業組過了這麼久規模還是沒變大，而且裡頭盡是一些像砲灰的人，原因也是出在這裡。」
「而他們不碰毒品也是……」
「沒錯。」她看著我們。
「松木也不想死啊，當然三栖也不想害死他。但是，要讓他金盆洗手的唯一辦法，就是把他送進牢裡，這也是實際的作法。所以這層關係非常微妙，但兩人之間又取得恰到好處的平衡點，所以才能夠當朋友到現在。儘管他們之間是黑道與刑警的關係。」

話說回來，這件事本身就足以稱之為奇蹟了吧。不過，這也證明了兩人確實都具備高度的能力。如果他們當初是走上經商這條路，說不定現在都已經是大企業的老闆了呢。

美知子小姐的表情，突然一變。

「這一次的事件，會不會跟松木現在參加的會談有關係啊？」

「怎麼說呢？」

「就是松木不能採取行動的原因啊。」

「會談？」

她堅定地直視著我，點點頭。

「這個例會，是由每個組輪流當總召的。那也是很累人的，必須跟每個出席的組長聯絡，針對這次要談的事項，各自必須去做準備。」

「準備嗎？」

「是啊。」

黑社會也是營利團體。每個組為了自己可以存活下去，可是費盡工夫。不過，當中這種團體的最根本還是在於暴力。

「在這個會談上，並不是當場解決問題的。而是彼此確認，像是『雖然發生這樣的問題，但已經用這種方式處理了，所以現在沒有任何問題』或是『聽說有這樣的傳聞，因為考量到這麼處理，事情應該就能順利進行，所以就這麼做了。』如果不想辦法讓一切都能順利進行和結束，那就真的有性命危險了。畢竟根本不知道自己在何時招惹到了誰。」

「原來如此。」

我大致上可以理解。我也曾經待過大公司，那裡是人人各有各的企圖、不同權利關係的廣告業界。我非常了解事先準備的重要性和危險性。

「更何況是黑社會，那更是如此。」

橋爪先生也皺起眉頭，點點頭。

「話雖如此，但他們討論過程中好像也會發生爭執。而出來緩頰，避免上面的會長老大不開心，也是總召的責任。聽說他們為了這一天，會在好幾天前或是好幾星期前就開始籌備，四處去拜訪他們的兄弟。所以，這次三栖的事情也是……」

「如果沒有處理好，可能會在哪裡被擺一道，最後或許會造成無法挽回的局面。」

「應該就是像你說的，如果這兩件事情是有相關的話。」

我可以理解這個說法。

雖說是兄弟，但大夥兒還是會為了各自的生存，而使出許多手段吧，而所謂手段，基本上不是犯罪，應該就是些暴力行為。

「梨香的前男友片岡，以學生身分在賣化學合成毒品，如果掌握到這件事的人是三栖先生和松木先生的話，松木先生可能會拚了命避免讓周遭的人知道。如果其他的組趁機利用，那麼自己的女兒可能就有危險了。」

我這麼一說，美知子小姐和橋爪先生都點點頭。

「所以，他才沒有辦法阻止三栖先生。因為只要他一行動，周遭的組就會發現，那麼可能一下子，就會演變成危及梨香性命的窘境了。」

他那一天到我店裡來，可能已經是極限了。他總要找個理由，看是要喝咖啡，還是買包菸。

「如果是這麼假設的話……」

橋爪先生稍微皺著眉頭繼續說：

「松木先生現在參加會談，這也就代表，至少現階段或許還沒有其他人知道吧。」

「所以你的意思是，如果要採取行動的話，就要趁現在嗎？」

「或許吧。」

雖然有點硬來，但就趁現在到那間公寓去，直接向三栖先生問清楚。當我這麼一說，美知子小姐歪著頭說：

「妳的意思是？」

「但是相反地，有可能現在採取行動反而是危險的。」

「松木之前就有說過，會談的時候，有時候也是情況最容易起變化的時候。換句話說，在事前準備階段，有些人會什麼都說好，但是趁著人手、戒備等等不足的這段時間，坐享漁翁之利，或者去設些什麼局。所以，就算是現在這個時間，還是有些組之間是彼此牽制的狀態。」

美知子小姐一面皺著眉頭，接著繼續說：

「會談當中可能會有人突然進來咬耳朵，這個時候，該組的組長就會把剛剛已經談妥的事情再拿出來討論，可能會說因為那件事有誰死了，或是說他接獲了什麼消息之類的，使全場震驚。

聽說這樣的事情，也不只發生過一、兩次。」

我也不由自主地皺起眉頭。橋爪先生說：

「無論怎麼想，都是束手無策耶。」

難道如果沒有什麼關鍵，就沒辦法採取行動了嗎？

「話說回來，黑社會果然是個嚴峻苛刻的世界呢。」

我並不是要美化黑社會，但就如同字面的意思，那是個「弱肉強食」的世界。弱者難逃一死，唯有強者才能存活下去。

「就某方面來講，對他們而言，我們這些一般人可能看起來才可笑吧。」

只要正常地生活，就不會平白無故送命。如果出了什麼狀況，這個社會就會伸出援手，因為有這樣的制度，弱者就能得到幫助。

但是，這一套制度，並不適用於松木先生所處的世界。那是個不傾出全力與智慧，就無法生存下去的世界。

「沒錯，的確是如此。」

美知子小姐在嘆氣的同時繼續接著說：

「我多虧有他，才能過著一般人的生活，但我有認識的人是幫派組長的太太。一聽到她的生活，才讓我發現自己的生活有多安逸平穩。當然啦……」

她一臉苦笑。

「如同所說的，還是有很多不像話的人。」

我們各自都淡淡地笑了。這應該無論在哪個世界都一樣吧。有認真、腳踏實地生活的人，就也會有無可救藥的人。

我們又再次陷入沉默。

「那怎麼辦？要採取行動嗎？」

橋爪先生這麼問我。

「對於這整件事的動機，好不容易得知松木先生和三栖先生之間發生的事，也感覺似乎掌握到事情的根本。但是，最關鍵的部分，還是搞不清楚。」

「你是指為什麼三栖先生會和梨香一起待在屋裡，是嗎？」

「沒錯。」

美知子小姐的表情稍微改變。

「像我剛剛說的，那孩子對於父親是黑道很反感。所以，我覺得她不會牽連上這種事。」

「不過，她卻跟片岡交往過。當然，她也可能不知道內情。」

這一點，應該有些什麼關鍵。

為什麼三栖先生會和梨香在一塊呢？

手機響了。我慌忙從口袋裡拿出來。對於還不習慣使用手機的自己，我也只能苦笑。

「喂。」

（我是甲賀。請問現在方便講電話嗎？）

「可以。」

因為美知子小姐和橋爪先生看著我，我就先對他們點個頭。

（夾在書中的那一張紙，當中果然含有化學合成毒品。）

「這樣呀。」

這麼一來，就能夠確定了。片岡雖然還是學生，但果然有在賣毒品。

（另外，關於之本組的動向，目前還沒有查到相關的情報。我會再繼續查，晚一點再跟你聯絡。）

「我知道了。」

（那你那邊有什麼進展嗎？）

雖然我也不知道這稱不稱得上是進展，但感覺起來應該是有往前走了半步。不過，這不是在電話上就能說得清楚的。

「我們正在〈Seven Tail〉談這件事，但是在電話上說不清楚。詳細情形等見面之後再說。晚一點妳有辦法到我店裡去嗎？」

（就算沒有查到其他情報，我中午的時候都會過去。）

「我知道了。如果中午之前我趕不回去的話，我會再打電話跟妳聯絡。」

（好的，那再麻煩你了。）

我掛上電話。她剛剛說話的聲音很小，一定是先走到了不會有人聽到的地方。

「是甲賀小姐打來的。」

我這麼一說，他們倆都點點頭。

「已經確定片岡確實在賣化學合成毒品了。毒品就附著在那張影印紙上。」

橋爪先生點點頭，而美知子小姐則皺起眉頭。

「為什麼會和那種人……」

她應該是要說，梨香怎麼會和那種人交往吧。

「當然，我想梨香應該是完全不知情的。」

橋爪先生說。

我也這麼認為。畢竟梨香這麼討厭身為黑道的父親。

「那麼，接下來就是拜託純也囉。」

橋爪先生說完，便拿出手機，傳簡訊給純也。簡訊內容應該是事先打好的。而美知子小姐有些不解地歪著頭，我告訴她：

「我們的朋友裡，有個叫做純也的年輕人，我拜託他去找片岡。讓他裝作不經意地問片岡和梨香分手的原因，找看看這當中有沒有和化學合成毒品有關的事情。因為我們認為，了解片岡是個怎樣的人，也是重要的一環。」

「沒有問題嗎？交給那個叫純也的男孩子。」

我稍微露出笑容，點點頭說：

「妳不需要擔心。這個年輕人辦事很牢靠，腦筋又好，三栖先生也很佩服他呢。我想，這件事與其由我們去做，可能交給他還會比較順利。」

橋爪先生點著頭，一邊將手機的畫面拿給我們看。

「他回簡訊了。」

（正在尋找片岡，一找到就會去問他）

我點點頭。如果能因此再更了解一點真相就好。

突然，美知子小姐抬起頭來。

「還是我到梨香住的地方好了？」

「咦？」

「畢竟……」美知子小姐繼續說：

「媽媽到女兒的住處，也沒什麼大不了的？很正常吧？」

「這……」

的確是這樣沒錯啦。

「假設，就算有什麼人衝進梨香的屋裡，狀況變得更嚴重，那也應該跟我沒關係。畢竟我就只是她的母親，我什麼時候要去找她，是我的自由。所以應該不可能有其他幫派組織會採取行動才是吧？」

我和橋爪先生對視。

「或許是這樣，但是把店關起來去找她，這一點不太自然吧？」

「真要這麼說，現在關店就已經夠不自然啦。如果要理由，隨便編一個就好。因為打手機給梨香她不接，我覺得不對勁所以才去找她。而且她也沒去上學吧？因為這件事我完全沒聽她提起，所以就過去看看。只要這麼說就好了，這可是比什麼都合理。」

美知子小姐打開放在收銀機旁的小盒子，拿出某個東西。

鑰匙圈。

「這是梨香那裡的備用鑰匙。只有我有，松木還沒有呢。」

我竟然完全沒有想到。

既然是母親，那手上有女兒住處鑰匙也是理所當然。而且不是聽說，那裡本來就是他們自己家嗎？這種連小學生都想得到的事情，到目前為止卻沒有任何人提及，而且也沒考慮到。這是大家都糾結在進不去屋裡這一點的緣故。

當我這麼一說，美知子小姐稍微想了想，說道：

「的確。你們會這麼想，也是無可厚非啦。不過，如果松木真的拜託你們處理三栖的事情，而且又是盤算著這一點才傳簡訊給甲賀小姐，那麼他應該也早就設想到弓島先生應該會來找我。他大概已經在腦中描繪出所有事情的發展，所以，一定沒有問題的。而且，搞不好這就是整件事情最後的終點啊。」

「終點？」

美知子小姐用力地點點頭。

「或許，只要我去梨香的屋子裡，所有事情就會解決了。」

我思考了一會兒。

真的是這樣嗎？

此時，我突然想到一件事。

「美知子小姐。」

「是。」

「備用鑰匙可以先交給我保管嗎？由我去梨香的住處。我覺得妳不要有所動作比較妥當。」

「為什麼？我剛剛不是說了嗎？」

「但是，就像我說過的，我被警告了一次。就在我來到這裡，跟妳見過面之後，馬上就遭遇到明顯的警告。」

我差點被車撞。

「可是，他並沒有要撞死我，或是讓我受傷的意圖。就只是威嚇而已。我一直在想，為什麼對方需要做出這種事情來。如果，他是要警告我不准再來這家店的話，那麼在我今天來之前，應該就又會被警告了。但什麼也沒發生。」

橋爪先生也點點頭。

「就只有那件事，看起來是在警告我，其他並沒有發生什麼事。這也就代表著，監視我們的，只有聽命於松木先生的人。如果其他組的人已經發現，並且開始採取行動的話，那麼事情可能會更無法想像，說不定我的店也會被搞得亂七八糟吧。搞不好現在我連命也丟了，妳這家店也不知道會被搞成什麼樣。」

美知子小姐的表情像是說著：「這麼說也對。」而點點頭。

「也就是說，那並不是警告，就跟那則簡訊一樣，也許這是松木先生給我的建議，告訴我〈這間店裡有解決的辦法〉。而那個辦法……」

我指著美知子小姐手上的那把備用鑰匙。

「或許就是這把鑰匙。他是要告訴我，趕快拿著鑰匙到梨香的住處去。」

我環視整個店內。

「說不定這裡還被監聽了呢。」

「監聽？」

「這是松木先生開的店，他也能自由進出吧。而且他應該也有這家店的鑰匙？」

「他有鑰匙。」

美知子小姐點點頭。

「如果是這樣的話，那麼他應該就知道我昨天來的時候，並沒有拿備用鑰匙。所以，他可能心想：到底還在蘑菇什麼啊？所以才做出那樣的警告。這都是為了加深我對這裡的印象，讓我知道這裡確實有些什麼。也許他還生氣地想說：竟然還沒發現，還在拖拖拉拉？所以，今天只要我拿著備用鑰匙走出這家店，應該就不會再來警告我了。因為這就代表，他覺得這麼做就對了。」

「原來如此。」橋爪先生點點頭說：

「相反地，如果又有警告出現，那表示你現在說的是錯的。他可能想說：我不是要你拿著鑰匙去，你要跟美知子一起去！是這樣嗎？」

「沒錯。」

就像剛剛美知子小姐說的。

「松木先生是個會完美規劃，讓事情照自己所想來進行的人吧？既然如此，他應該就會想到這一點的。」

以防萬一，我和橋爪先生分別走到車站。我走在前，橋爪先生在離我一段距離之後跟著，並且邊走邊留意周遭。

*

不過，什麼事情都沒有發生。

「看來，你推想的果然是對的。」

我在車站入口等，後到的橋爪先生這麼對我說。

「我們走吧。」

正當我們兩人要走上樓梯時，手機響了。我看了一下電話螢幕，是純也打來的。

「喂？」

（阿大哥，現在狀況可能有點不妙。）

純也呼吸急促，旁邊雜音也很吵。

「怎麼了？」

（片岡逃走了！）

「你說什麼？」

橋爪先生皺起眉頭，納悶到底發生了什麼事。

（不是我搞砸的喔，我只是很正常地跟他搭話，聽到我一問他是不是梨香的前男友，他就跑走了。）

「你現在在哪裡？」

（我在計程車裡，正在追片岡搭的計程車。你不用擔心，他應該沒有發現我還追著他。因為剛剛在大學校園裡四處跑，我先假裝自己跟丟了，才又跟蹤他的。）

「那你們現在是往那裡去？」

（在白山路上。剛剛過了水道橋附近。）

「所以是往北走嗎？」

（沒錯。現在怎麼辦？）

「我們馬上搭計程車過去會合。你不要跟丟了！還有，絕對不要被發現！」

（了解。等一下路上我再打電話給你。）

掛上電話。在我開始解釋前，橋爪先生就已經走向路邊，對著一台空的計程車招手。

「現在要去哪裡？」

「總之，先到白山路上，往北走。聽說剛剛他在水道橋附近。」

我們立刻坐上停下來的計程車。

「不好意思，我們要到白山路。等一下會有人再告訴我們是白山路的哪裡。」

計程車司機瞬間透過後照鏡看了我們一眼，但馬上就點點頭說：「好的」。一般來講，應該不太有人搭計程車是這樣搭法，但我想應該還有很多客人，提出的要求更加奇怪。司機什麼也沒說，立刻向前行駛。

「發生什麼事了嗎？」
橋爪先生小聲地問我。
「聽說他去跟片岡搭話，但一說出梨香的名字，片岡就逃走了。」
他瞇起右眼。
「逃走了？」
「現在，純也正搭計程車追他，目前好像還沒有被發現。所以，片岡應該會直接逃到他想去的地方吧。」
「他是要去哪裡啊？」
不知道，完全不知道。
「如果單純是要逃走的話，可能是逃回自己家吧？」
「或者，是那個……」
因為考量司機在場，所以先停頓了一下。
「同樣在賣那些東西的同夥那吧？」
「這也是有可能耶。」
但前提必須是他有同夥。
「不過，當初橋爪先生你是沒有同夥的吧？」
他點點頭。
「都是我自己一個人。當然，會有很多人來接近我，但是所有事情自己來，還是比較安全。」

橋爪先生同樣也在學生時代賣過毒品。

「弓島先生，有件事我一直在想。」

「什麼？」

「照理來講，應該有個地方是在製作那些東西的。」

原來如此，原來他一直在想這個。我並不清楚化學合成毒品是怎麼製成的，對於這方面的知識，根本就是零。

「那東西，在任何地方都有辦法製作嗎？」

橋爪先生點點頭。

「大概可以。如果要從頭加工精製的話，應該需要專門的器材，但如果只是單純混合，作成溶液，應該用家裡的廚房就夠了。只是……」

「只是？」

因為怕被司機聽到，我把聲音壓得更低。因為他臉朝下，所以我也將耳朵湊近。

「我想，片岡應該是個聰明人。這種人就算去他家裡搜，也搜不到東西。所以，那東西是在別的地方製作的。不過，除了自己住的地方，一個大學生要再租一間房子，應該很困難。」

「我想也是。」

不僅要花錢，而且租屋還需要保證人吧。雖然目前並不知道片岡到底是一個人住，還是與家人同住。

「像我當時除了自己的住處之外，就還準備了另一個地方。所以他有可能現在就是要去那裡，只是我們現在還不清楚，他是不是也同樣有另一個據點。」

我微微點頭。我從剛剛開始就一直握著手機，但是純也還沒打來。

「話說回來，橋爪先生。」

「是。」

「一聽到梨香的名字就逃跑，這是？」

「對啊。」

我們倆彼此互看。

「事情可能又要變得更複雜了吧。」

為什麼要逃跑？聽到前女友的名字就逃跑，這可不是正常反應。頂多也就擺臭臉而已。

但是，他卻逃跑了。

現在想得到的狀況是……。

「假設片岡知道梨香的父親就是松木，而且也知道他是黑道，那麼就還說得過去吧。」

橋爪先生這麼說。這樣的話，的確是。

「也可能是片岡跟松木先生之間出了什麼問題，才會讓他一聽到名字就想逃？但應該也不是什麼嚴重的事。如果真有什麼大麻煩，片岡可能也早就不在這世上了吧？」

「嗯……」橋爪先生低聲地說：

「的確是。但是就算他跟這次的事件有關，而且還光聽到名字就想逃跑，照理來講，應該老早就逃得遠遠的了。但他卻到了昨天都還在進行交易。」

「就是說啊。」

片岡，還是過著平常的生活。儘管梨香沒有去上學，他還是一如往常。

電話打來了，我馬上接起來。

「喂。」

（過了後樂園之後右轉。）

他講了地址。因為我沒辦法抄下來，所以跟著複述了一次。

（就在那裡，有一間萬館醫院。）

「醫院？」

（沒錯。他那台計程車在醫院前停了下來，而且他走進醫院裡了。）

「等我一下。」

我對著司機說：

「我剛剛說的地址，你知道地方嗎？」

「我知道。」

「現在過去要花多久時間？」

他停頓了一下。

「如果車流量不多，大概再十分鐘就會到了。」

「麻煩盡可能開快一點。」

話才說一半，速度就已經加快了，我和橋爪先生不自主地靠緊椅背。
「我們大概再十分鐘左右會到。想辦法不要跟丟了！」
（那要到醫院裡面去找嗎？）
「不要，如果你被發現就糟了。你就待在大門附近可以監控他出來的地方吧。」
（了解。）
如果他走從後門出去，那也無計可施，畢竟只有純也一人。只能賭一把了。我掛上電話。
「弓島先生，會不會，醫院就是毒品的取得來源啊？」
被橋爪先生這麼一說，我才發現。
「原來如此。」
我微微點頭，而橋爪先生繼續說：
「我之前也一直覺得很奇怪。如果片岡是藥學院的學生那就算了，但他是經濟學院的。所以我很納悶，他是從哪裡拿到東西的。取得的管道，如果愈複雜，他就愈容易被找到，不過如果管道是醫院的話……」
「那麼事情就變得很容易了。」
片岡在醫院裡應該有內應。而他就是逃進了那裡。
「這麼看來，果然梨香跟片岡的毒品販賣，某種形式上還是有關吧。」
「看來應該是這樣呢。」
前提是假設的推論都為正確。一聽到梨香的名字就逃跑的片岡。而他逃往的目的地，是醫院。所有拼圖即將湊齊。

「或許也有可能，那間醫院剛好就是他家開的也不一定。」

*

結果不出十分鐘就抵達。

以防萬一，我請司機停前面一些，而不是剛好停在大門口。跟司機道謝後，跟他說大約一百二十圓的找錢就不必了。一方面時間緊迫，另一方面也當作是他替我們開快車的小小謝禮。

我一下車就馬上拿出手機，剛好這時純也打來。

「純也，你現在在哪？」

（我在後門守著。）

後門？

「那正門呢？」

（正門口的對面有一家叫做〈Peanuts〉的咖啡廳吧？）

「有啊。」

（步美就在那家店裡，你應該看得到她吧？）

我驚訝地往那間店一看，發現窗邊的座位上，步美正看向我們。她微微地向我們揮手。

「她跟著你一起來的嗎？」

（對不起。她說什麼都要跟我一起來，我怎麼講都講不聽。你也知道她一旦決定了什麼事情，說什麼都是無法改變的啊。）

純也在電話的另一頭輕聲笑了一下。我不由得嘆了口氣。他說得沒錯。

「我知道了，我再過去跟你會合。我等一下馬上就打電話給你，你先在那裡等著。」

（ＯＫ！對了，為了慎重起見，我剛剛先到櫃台去問：『請問片岡紀博先生的病房在哪裡？』但是聽說住院的人當中，沒有叫這個名字的。院長也不姓片岡。看來這家醫院應該不是他家開的。）

「了解。」

沒有特別指示他，也會確實調查。真不愧是純也。我掛上電話後，橋爪先生手指著另一邊。

「我到後門去跟純也會合。你跟步美談完之後，再告訴我們應該怎麼做。」

「我知道了。那就麻煩你了。」

我走進店裡。聽到「歡迎光臨」的招呼聲，我點了咖啡，走向座位，步美正站著等我過去。

「對不起。」

步美馬上低下頭來，那頭黑直髮晃動著。她抿著嘴唇。

「因為我很擔心梨香。」

「沒關係啦。」

這樣總比人手不足來得好。畢竟還要去梨香的住處。當我說我從梨香的媽媽那裡拿到房子的鑰匙時，步美稍微睜大眼睛，點點頭。

「我也想早點去梨香住的地方，但現在還是先跟片岡碰面後再說吧。」

從片岡那裡，又會聽到什麼事情呢？

## 十一

我點了咖啡。

這是一家很老舊的咖啡廳。無論是椅子或桌子，都散發著上一個時代的氣息，感覺起來像是已經開了二十年。店裡也有身穿白衣的人。

我曾經聽說過，醫院附近的咖啡廳不會倒。因為醫院並不會輕易倒閉，靠著在醫院工作的人、住院的病患和探病、看病的人，即使不刻意追隨流行，也能務實地做生意。

「梨香的媽媽也是什麼都不知道吧？」

咖啡廳窗邊的座位。坐在我對面的步美，看著醫院正門入口，一邊將頭靠過來小聲地問我。

店裡播放的音樂是有線廣播，聲音不大，所以我們也無法大聲說話。

「是啊。不過，詳細情形晚一點再說。」

我從口袋裡拿了出來。是美知子小姐交給我暫時保管的鑰匙圈。梨香住處的備份鑰匙。

「現在知道很多事情。但仍舊還沒弄清楚全貌。」

步美輕輕地吐了口氣。這一切都只是推測。

「不過，接下來……」

她一臉擔心地呢喃著。

「沒錯。」

片岡一定知道些什麼。才聽到梨香的名字，他就開溜，這不管怎麼想，都不是一般會發生的狀況。對於梨香沒去上學的原因，或者是跟她缺課相關的事情，片岡很有可能都知道來龍去脈。

「總而言之，視線不要離開門口。」

「好。」

這時候，純也傳來簡訊。

〈我們這邊沒有異狀。〉

了解。我也回他：〈我們這邊也沒有。〉

突然，我看著眼前的步美。

我當初為了救她——就如同字面上形容的，四處奔走，那已經是九年前的事了。當時應該做夢都沒想過，現在可以像這樣使用手機。那時，大家各自行動，彼此要取得聯繫，都必須跑到電話亭，打無數通電話回店裡。

我稍微吐了口氣。

已經成了大人的我們，就這樣度過了九年，日子一天一天過去，工作、遊玩，以彷彿一切都沒變的心情，生活到現在，但是時間確實都已流逝。時代也變了。就像手機也是，對我們而言，就像是以前看科幻電影，或是拍攝特殊效果的節目中所介紹的未來工具一樣。

我不禁再次心想，當時還只是國中生的步美，轉眼間已經成為了大學生，成為一個成年女性，現在就坐在我面前。

她的側臉，浮現的無疑是大人般……。

替好友著想、擔心，一張女人的臉。

我分析著她現在內心的想法。但現在不是思考這些的時候。

「從這個距離，如果片岡走出來，妳也認得出來吧？」

我這麼一問，她點點頭。

「可以。」

他來這裡到底是要做什麼？

「如果我進去找他，是不是不妥啊？」

步美問。

一間還算大的醫院，裡面住院的患者也不少吧。如果要佯裝成是來探病的，要進去當然很容易，也不會有人來追究。更何況步美又是年輕女生，應該更不會有人起疑。

但是，就算在醫院裡找到了片岡，如果他又開始逃跑，那麼事情又會演變成如何？如果在醫院裡奔跑，這可是個問題。也會給其他人帶來麻煩。聽我這麼一講，步美點點頭說：

「這樣也對。」

「現在，就只能等他出來了。」

假設，他只是逃來這裡，找他一起製作毒品的同夥避風頭，我倒不覺得他會在醫院裡待上一、兩個小時這麼久。就算有同夥在裡頭，對方應該也正在上班。畢竟這裡只是間普通的醫院。

我不認為有他可以藏身的地方。

「雖然只是我的直覺，但我覺得他應該馬上就會出來了。」

就在我說完這句話的同時，電話響了。

是純也打來的。

在接起電話前，我先站起身，步美看了也馬上從包包裡拿出錢包。我交由她買單，一面講電話，同時走出咖啡廳。

「他出現了嗎？」

（他出來了！快過來！）

當我一回頭，步美也從店裡走了出來。

「我們馬上過去！你們就先抓住他，但是注意千萬不要引起騷動！」

（了解！）

只要有純也在，就算出現粗暴場面也不用擔心，但還是要避免傷到人或是引來警察注意。

我們拚了命地跑，繞到醫院後門。這時候就覺得，自己這個幾乎沒在運動的身體實在太沒用了。雖然步美是女孩，但她可是緊緊跟在我後頭呢。

「在那裡！」

是步美的聲音。看到了。就在後門停車場的角落。花草叢邊的空心水泥砌磚上，坐著一個垂頭喪氣的青年。而純也和橋爪先生站著，包夾在他兩旁。他們倆聽到我們的腳步聲，便往我們這邊看，並且輕輕揮手。那個動作，是叫我們不用急、慢慢來。所以我也稍微放慢了速度。

「我們什麼都還沒問喔。」

純也說。

片岡緩緩抬起頭來。表情中還夾雜著驚訝，應該是因為他看到了步美。

我一邊調整呼吸，看看四周圍。附近沒有什麼人煙，而停車場對面都是高樓林立，我們這樣圍著他講話，應該不會有人起疑。雖然從醫院後側，可能是病房或是走廊的窗戶，可以看得一清二楚，但是我們當中還有步美在。如果都是男人，別人可能會懷疑要鬧事，但是有她在，應該看起來就不會那麼可疑。

「片岡。」

他看著我。並沒有害怕的神色，反而感覺像是不服氣。端正的五官讓他看起來不像所想的。完全看不出是個偷偷販售毒品的大學生。他看起來就是個極為一般，不，比起一般，應該說是外型端正，看起來很聰明的大學生。

「時間不夠，所以我就直接問了，你也簡潔回答我。在這之前，我必須先讓你知道，我們並不打算害你，也沒有要威脅你，因為我根本就沒有理由這麼做。我們只是想要知道事情的真相而已。」

「事情的真相？」

他的聲音裡並沒有恐懼。還是他已經放棄了？

「你在學校裡賣化學合成毒品，對吧？」

他有些驚訝地盯著我看。這個問題似乎在他的意料之外。

「不是梨香叫你們來的嗎？」

我本來想回答他，但是腦中突然浮現片岡這麼問的意圖，於是我思考了一下。純也、橋爪先生和步美都交給我來詢問，當中，橋爪先生還稍微站遠一點，注意附近有無狀況。

現在片岡說的話中之意，應該很重要吧？

片岡才從大學裡逃了出來。

他被這樣逮住，卻是反過來問我們：〈不是梨香叫你們來的嗎？〉換句話說，這不就代表梨香手裡握有什麼，而使得片岡非逃不可嗎？

那是……。

「那我換個問題。」

純也和步美看著我。片岡則是稍微吐了口氣。

「雖然我剛剛說並不打算威脅你，但我改變心意了。如果你不一五一十地老實回答我，我就馬上叫松木或是他手下的人過來，知道嗎？如果把他們叫來，事情會變成怎樣，你應該很清楚吧？」

我刻意用聲音施加壓力。我盡力了，但不知道有沒有達到效果就是了。步美有些驚訝地看著我，但純也似乎馬上就察覺我為什麼這麼做。

在片岡的眼神裡，終於看到明顯動搖的情緒。

「那，也就是說她，梨香她還沒把影片交給她爸爸囉？」

我和純也彼此對看。我發現站在稍遠處的橋爪先生也睜大了眼。

「快把所有事情都說清楚！快點！」

*

走出大馬路後，馬上發現前方有間汽車出租行，於是立刻租了台車。加上片岡在內，我們總共有五個人。根本沒有辦法搭計程車，更重要的是，有司機在場，我們也不能談這件事。因為並不要求車款，所以就選了橋爪先生平常開習慣的廂型車，由他來駕駛。坐在副駕駛座的人是步美，而後座則是我和純也將片岡夾在中間坐著。以防萬一，我們還把片岡的鞋子給脫了，並且把他的雙手手腕和腳踝都綁了起來。雖然他本人完全沒有要逃跑的跡象，但還是慎重行事比較好。

我打電話回店裡，電話才響了一聲丹下太太就接了起來。

（喂？）

「是我，阿大。」

（阿大！你們沒事吧？甲賀小姐已經來店裡了，她很擔心呢！她身上有帶著手機，你快打電話給她。因為我們怕如果主動打給你，你那邊有什麼狀況，事情會變得更麻煩，所以一直不敢打電話給你啊！）

電話聽筒傳來丹下太太的大嗓門，純也都笑了。

「抱歉。我們現在會先回到店裡去，妳跟甲賀小姐說一聲。詳細情況晚一點再說。」

（你們應該沒事吧？）

「放心。步美、純也還有橋爪先生，我們大家都在一塊。還有一個人，就是梨香的前男友片岡，我們也會把他帶回店裡，所以就隨便找個理由，先把店給關了吧。」

丹下太太先是（嗯……）地呻吟了一聲，接著說：

（我知道了，你們一切小心喔！）

掛上電話。

「如果就這樣直接去梨香的住處，應該也不妥當。所以我們先回店裡，把片岡安置好後再出發。」

「的確這麼做應該比較好。」

「不好意思，橋爪先生，可以麻煩你留在店裡嗎？還有步美也是。然後你們把目前發生的所有事情，都告訴丹下太太和甲賀小姐，請她們等我和純也的電話。」

從後照鏡裡，可以看到橋爪先生的眉頭稍微皺了起來。

「雖然有純也在應該沒問題，但是還是多個男人在場比較好吧？」

我當然了解為什麼他會擔心。

「但是，我們並不是要衝進去打架的。那裡就只是普通的社區大樓，我不認為那裡會有五個、十個暴力人士。就算有，頂多也就只有兩、三個人吧。這對純也來講，應該是輕而易舉的。」

「當然。」

純也笑著說。

「更重要的是，雖然店裡有丹下太太在，再加上甲賀小姐、步美，就全部都是女生，這種情況之下一定要有男人在啊。雖然現在片岡乖乖地束手就擒，但誰也不知道到時候會發生什麼事。」

橋爪先生稍微思考了之後，點點頭說：

「我知道了，那就這麼辦吧。」

步美露出快哭的表情。是真的馬上就會哭出來的臉，那張臉讓我想起了當年還小的她。那一天，年紀還小的步美，緊緊靠著我。所以，我笑著告訴她：

「沒事的，不用擔心。」

「不是的。我也要一起去。」

「可是這……」

步美抓住椅背，她的手，使勁地抓著。

「如果，梨香就在那個屋子裡的話，我覺得我一定得去陪她。」

雖然她一副快哭的樣子，但聲音卻有著義無反顧的堅定。

「我雖說是她的好朋友，但是卻什麼異狀都沒有發現。至少，至少也讓我一起過去吧！」

她咬著嘴唇，用泛著淚的溼潤雙眼看著我。那個眼神裡，充滿了她的決心。

因為沒有察覺到異狀的那份不甘心、恨自己沒用的心情，我比誰都了解。

「我知道了。那我們就一起去吧。」

我和純也各站一邊，抓著片岡走進店裡，馬上看到甲賀小姐也是一臉擔心地坐在吧台座位上。雖然我很想把事情告訴她，但是不能再增加一起去找梨香的人了。如果跟她說現在要去梨香的住處，而三栖先生可能就在那裡，甲賀小姐鐵定會要求同行。

所以接下來就交給橋爪先生，我們又直接走出店裡。

「我來開車吧。阿大哥，你平常很少開吧？讓你開太危險了。」

「拜託你了。」

當我打算坐到副駕駛座時，已經先坐上駕駛座的純也，使眼色要我坐後面。啊！對耶。我痛恨著自己的粗心，走到後面的座位。

竟然讓年紀小我那麼多的純也，提醒我該坐在步美旁邊陪她，都這把年紀了，真是汗顏。

接下來，步美就要見到她的好友。沒有察覺已經身陷絕境的好友。而那位好友，可能也使步美一心認定為救命恩人的三栖先生，也陷入同樣的困境中。她的心情，現在應該相當複雜。但是，我沒有辦法跟她說些什麼，只是輕輕將手放在她的肩膀上。而步美則是抿起嘴唇，點點頭。

純也踩了油門。

「現在就只能見機行事了。」

因為他這麼說，我也點點頭。

「也只能這麼做了。」

為什麼事情會演變成這樣呢？

這一點，或許已經透過片岡的證詞，找到了部分解答。所有的關鍵就在於梨香的行動。片岡和幫他的人，聽說名字是叫做小堺，一起製作化學合成毒品，並且拿去販賣的情況，都被梨香偷拍成影片了。她還把影片拿給片岡看，並加以責備。

就在這個時候，片岡才知道，原來梨香的父親是松木這個黑社會幫派的組長。雖然一切難以置信，但之後就再也聯絡不上梨香了。聽說那就發生在她開始缺課的前一天。

而我們目睹到的交易，是在那之前就已經談定的，片岡心想再這麼下去，事情可能會變得不可收拾，所以他也打算將那次交易當成是最後一次。

剛好在這個時間點，純也出現了。所以片岡完全誤以為純也是黑社會的人，才會拔腿就逃。

為什麼梨香要做那種事呢？而她現在情況是如何？三栖先生跟這件事又有什麼關係？松木先生又做了些什麼？結果，就算問了片岡，整件事情還是不明就裡。

只是，唯獨將梨香當成是整件事的軸心人物這一點，看來是對的。

「放心。」

我對著步美說。

「畢竟有三栖先生在，她一定沒事的。」

都不會有事的，包括三栖先生在內。

＊

這是第三次了。

走在沒什麼人煙的社區大樓走廊上，往那間屋子走去。

我看著步美和純也的臉，輕輕地插進鑰匙，轉開。

發出了聲響。

我心想，屋內可能有人會因此走動發出聲響，所以停下來等了一下，但是沒有聽到任何聲音。我讓步美退到後面，而純也走在最前面。

輕輕地打開門，但是沒有任何人慌張地跑到玄關來。只是一片寂靜。

「梨香？」

叫了她的名字，屋裡還是沒有任何反應。

但是，有東西在動的聲音。

我和純也對看了一下。他從表情表示：「我走前面去看。」身為一個年紀較長的人，讓年輕人先踏進可能的危險，說來真是慚愧，但是如果我先被打倒了，或是我被抓去當了人質，反而會害純也綁手綁腳，無法大展身手。所以，讓純也以備戰姿態打先鋒進去，才能提高我們所有人全身而退的機率。

我們彼此輕輕點頭。

眼前是屋內狹小的玄關。

玄關地板上，沒有鞋子。只有一雙現在流行、顏色鮮豔的涼鞋。純也用腳將涼鞋踢到一旁，直接穿著球鞋踩上玄關。光是這樣就夠讓人心驚膽跳的，但也沒辦法。

再往前走一步，就到了面向走廊的房門前。那扇門的對面大概是洗手間。純也先是打開房間的門，確認裡面的狀況。

我總覺得他的動作，看起來實在不像外行人。他擺出的姿勢彷彿碰到任何狀況都能應付，如果以柔道或是空手道來形容，就像是壓低自己的重心、威嚇對方的姿勢。

純也就這樣搖搖頭。看來裡面沒有人吧。他保持同樣的姿勢，轉了一百八十度，這次換打開洗手間的門，但馬上就離開了。裡頭也沒有人。

我們倆小小吐了口氣，繼續往這條不長的走廊前方走。往前走了三步，又有一扇門。這裡大概是客廳吧。從鑲嵌著毛玻璃的門上，可以看到另一頭有光從外面射進去。看來客廳窗簾並沒有完完全全地拉上。

純也走在前面。

還是先敲了敲門。不過，裡頭沒有反應。純也點點頭，接著將門打開。

他把重心壓低，往裡面踏進了一步。

但他停下動作。

臉上的表情，有了變化。很明顯地，屋子裡有人，原本他臉上的戒備神色，在下個瞬間，卻驚呆了一般，嘴巴微微張開。

我看他如此，也跟著進入房間。在我身後的步美隨即跟了進來。

在房裡的，是三栖先生。

雖然他在房裡，但情況跟我想像中的不太一樣。

我原以為他會露出微微冷笑，或是苦笑，又或是有些困擾的表情來迎接，但實際上卻不然。他的眼鏡被摘掉，手腳被綁了起來，嘴裡還塞著毛巾，只不過他是在沙發上坐著。

他看向我們，皺著眉頭。

不過，精神看來是挺好的。

雖然他的鬍渣長長了，而且感覺有些憔悴，但是他那雙銳利的眼神依舊沒變。

三栖先生坐著的沙發旁有兩個男人，他們坐在大概是從餐桌拉來的椅子上，同樣看著我們。

不對，他們看了我們之後，嘆了口氣，看著下方。

那態度怎麼看，都不像是監禁人質的犯人。

那兩個年輕的男人，緩緩地抬起頭。

雖然我搞不清楚是怎麼一回事，但他們的表情帶著悲傷與不甘心。握緊拳頭，像是在忍受內心的某些情緒。

「梨香！」

步美的聲音響起。

梨香就待在客廳裡，用紙拉門隔起來的房間裡。拉門是呈現ㄇ字形，所以如果把所有拉門都打開，和客廳就會形成一個很大的空間。拉門並沒有拉上，大概是用來當作她的臥室吧，因為裡頭還擺著床墊。

梨香就坐在裡頭，雙手抱著膝蓋。

「好吧。」

右邊的那個年輕男人說。

他的外表看起來，不像是黑道。他脫掉西裝外套，襯衫配上寬鬆長褲，雖然打扮隨便，但感覺起來像是不太好惹的上班族。

「我們現在就把三栖警部給放了。」

左邊的男人緩緩站起身。他則是穿著牛仔褲，留著長髮，還有滿臉的鬍渣。如果說他是純也以前做程式設計的同事，我都會相信。

他鬆開堵住三栖先生嘴巴的毛巾，接著解開綁住手的毛巾。不可思議的是，三栖先生竟然一臉驚訝的樣子。他的表情就像是說：「為什麼放開我了？」

三栖先生呼地吐了一口氣，把放在桌上的眼鏡戴上。

「你們為什麼會來這裡？算了。」

他才剛說完，臉部表情痛苦地扭曲。接著就急忙地站起來，活動他那直到剛剛一直被綁住的手腳。

「晚點再說吧。」

他看著步美，對她露出微笑。

「步美。」

「是。」

「妳就陪著梨香吧。放心，沒事了。」

他一說完，就靠著沙發的椅背。步美急急忙忙地跑向梨香，坐在她身旁。

「梨香？」

她輕聲溫柔地叫喚。梨香靜靜地抬起頭，她的臉和雙頰都被眼淚浸濕。

「步美……」

她用著很微弱、像是孤單的小孩叫著父母親一樣的聲音，叫了步美的名字。接著，就整個人靠在步美身上，緊緊抱著她。

「對不起，對不起。」

確認了她們的狀況，三栖先生看向牆上的時鐘。

「我沒有時間跟你們解釋了。晚一點再說到底發生了什麼事。你們是搭電車來的嗎？」

「開車，租來的。」

「車款呢？」聽我回答後，他點頭說：「這樣正好。」

「載我一程吧。有個地方，我現在就要趕去。梨香的話，就先把她帶到店裡吧，帶到〈弓島咖啡〉去。」

三栖先生依序指了那兩個男人說：

「這個人情，總有一天會還給你們的。但是，如果一切順利，什麼事情都沒發生的話，看在你們替上頭老大設想的那份情，我也會網開一面的。」

他說完就直接跑了出去，我也趕忙追上。

純也打開車門後，就讓步美和梨香坐在第三排的座位。因為三栖先生坐在第二排，所以我也就坐在他旁邊。他告訴純也現在要去的目的地。

「那是會談的地點嗎？」

純也這麼一問，他稍微睜大了眼睛。

「真的不能掉以輕心耶，你們到底查到些什麼啦？」

「在這之前，你先告訴我們為什麼會發生這些事情吧。甲賀小姐也在等你喔。」

這麼一說，他點點頭。

「如果是甲賀的話，我猜到她一定會這麼做的。但我沒想到會是你們幾個破門而入啊。」

他看向我，稍微癟著嘴。這是感到有些抱歉的表情。

「抱歉，驚動大家，也辛苦你們了。」

「這點事還好啦。」

「嗯。」他點點頭。剛剛上車之前三栖先生叫純也開快點，還說如果被警車攔下來，一切由他負責，所以純也就如魚得水似地開著快車。目的地並不是很遠。

「說來話長，有些部分我就省略囉。」

他接著說，等所有事情都結束之後，他會再全部交代清楚的。

「一切的開端，不只一個。不知道是什麼巧合，事情竟然全部同時發生了。」

「同時？」

「沒錯。」三栖先生點點頭說。

「我掌握到情報，得知片岡自己在學校裡賣化學合成毒品。我心想怎麼又來了個令人傷腦筋的小子，進行偵查之後，才發現梨香竟然是片岡的女朋友。」

「你應該很吃驚吧。」

「這有兩種意思。」我這麼一說，三栖先生癟起嘴，笑了。

「我年輕時因為女友跟毒品扯上關係，而有一段痛苦的回憶。這回憶，你我都曾經歷過啊。」

「真是的。」

事情已經過了好久，久到可以把這件事情拿出來揶揄。

「當然很吃驚啊，但也很傷腦筋。我又不可能去找松木商量。況且，這對警察來說還是個重要的機密情報呢。怎麼可能隨便說出來呢？但幸好梨香跟片岡的交易是毫無關係的。這個時候，我就放下刑警的身分，以一個從她還在襁褓時就認識她的叔叔立場，給了她忠告。我叫她不要告訴松木，趕快跟那男的分手。」

「但是，卻沒有分手嗎？」

我稍微看了一下後面。

「不，他們分手了。只是，幾乎同樣那個時候，松木無意間知道了梨香有男朋友。一開始他並沒有想得很複雜，只是單純想說有〈女兒的男朋友〉這號人物，作父親的，一定會很好奇嘛。想說到底是怎樣的男人。這也是理所當然的。」

「是啊。」

雖然他是黑道，但也是為人父母。當然也會希望女兒幸福。

「所以，他好像稍微調查了一下。後來，松木也發現片岡在做些不好的勾當。那個時候，他也發現到我已經來找過梨香了。而且真的是很粗心，我竟然完全沒有注意到他已經開始採取行動了。」

「這麼說來，當時知道所有情況的人，是松木先生？」

三栖先生一臉不甘心的樣子。

「你說得沒錯。他心想，只要把事情交給我，梨香就能平安無事，她應該也會乖乖跟那個不像話的片岡分手吧。所以，他自己才沒有動手處理這件事。當然啦，他也得避免輕舉妄動，免得跟非法藥物沾上邊啊。不過，後來他就找了人緊盯著我和梨香。就是剛剛屋裡的那兩個男人。阿大。」

「嗯。」

「一直以來我都無法逮到松木，問題就出在這啊。因為他的腦袋比我聰明，而且底下還有一群有頭腦、拳頭又夠硬的年輕人。我要做的事情，全都被他看穿了。而我手上的線民，所有的手段，全都逃不出他的手掌心。當然，我也沒有手下留情。不是我在自誇，再怎樣我都自認是優秀的警察。但是……」

「松木先生的能力卻在你之上？」

「沒錯。」

如果一切行動，都能搶先於被說成像是「惡魔般狡猾」的三栖先生，那麼我想，松木先生是真的相當高明。不過，我想一方面也是因為他們倆是好友的關係吧。

「但是，三栖先生你明明是要保護梨香的，為什麼事情會演變成這樣？」

純也坐在駕駛座這麼問。

「這該怎麼說才好呢？梨香心中一直抱持的想法，那種煩惱，並不是三言兩語就能簡單說清楚的。她自己是黑道的女兒。如果就只是他的女兒還好，還是黑道跟同居人生下的小孩。對父母親的愛與恨，想像一下應該就能體會吧。而且……」

他接著說，並且嘆了口氣。

「她的父母明明就有我這個身為刑警的好友，但我卻什麼都幫不上忙。而且，她的母親和黑道父親，加上我這個刑警，雖然這種組合很少見，但我們偶爾還會感情融洽地一塊聊天，而這場面她也不知道看過幾次了。關於這一點，我們也有責任。畢竟你們想想看嘛，她心裡到底會怎麼想呢？」

我刻意不往後看。這或許不適合在梨香面前說，但現在也是刻意要說給她聽的吧。

大概也是為了讓梨香也能夠更為理解。

「或許你沒辦法了解這種感受吧。」

「或許吧。」三栖先生又接著繼續說：

「如果還只是個小孩，什麼都不懂，那就算了。但是隨著年紀增長，自己也說不上來的那種抑鬱、煩惱、兩難，或者是陰霾，都會浮現出來。更何況，過了二十歲，成了大學生，自己認真喜歡上的男人卻是個在製作、販賣非法藥物的藥頭。這個時候就會心想，也許這都是自己身上流著的，是黑道父親的血液的關係，搞不好接下來這一輩子，自己都得跟這種人攪和下去，就這麼陷入絕望，其實不難想像。」

「但那是……」

「只是單純的巧合。人生裡就是有這麼巧的事情，若是你或許會這麼想，但她還只是個二十二歲的學生耶。」

我大大嘆了口氣。的確如此。

這並不只是被自己所愛的人背叛如此簡單。

而是痛恨自己身上流的血液，憎惡自己的父母。

面對自己人生的一切，感到厭惡。

「所以，就算她突然浮現從這世間消失的想法，我也捨不得責怪她。」

「的確，真的是這樣。」

「所以。」他接著說：

「她為了要知道片岡製作化學合成毒品的原因，才決定去調查的。」

「咦？」

「然後，她打算將這件事情在黑社會的世界裡揭露。因為這麼做，就能夠將自己、父親，還有前男友全部毀掉。」

這個女孩，竟然想要做這種事？

梨香在後面，整個人僵硬不動。而步美則是溫柔地抱著她。

「但是竟然用攝影的方式。」

「再怎樣都是她的前男友，交易場所就在她最熟悉不過的圖書館。而醫院那裡，她又是年輕女孩子，只要她想，無論哪裡她都能夠混進去啊。所以才用了攝影機偷拍，這應該不是多困難的作業吧。就這樣，包括在那家醫院，他們在製作毒品的樣子、對話，她都用攝影機拍下來了。真是的。」

他搖了兩次頭。

「真是了不得的行動力啊。這或許是遺傳到她的父親吧。」

我露出微笑。的確聽說過松木先生就是這樣的人，一定會按照自己所規劃的道路來走。

「後來，她想把那個影片公開。可是，不知道該怎麼做才好。也不可能把影片拿去給報社或是媒體，因為這樣就只是片岡被逮捕，然後一切就結束了。為了讓所有人都走向毀滅，她心想，只要把影片拿給跟父親不同的幫派事務所就好了。當然，拍攝那支影片的人是她自己，而她是松木的女兒，畫面也確實有拍到。然而……」

「所以是三栖先生你……」

純也手裡握著方向盤，問道。

「沒錯。」

他嘆了口氣。

「影片最後並不是給了和松木對立的黑社會幫派。」

「那不然是給了誰？」

「給了和松木所屬同個老大，同派系的事務所。而且，那個組長還看松木不順眼呢。」

搞錯地方了啊。

「雖然具有行動力，但因為不清楚黑社會的世界，會做出這種事也是理所當然的。不過，幸好在那個組裡，剛好有我的線民，所以我馬上就接到了消息。我也想了應該怎麼辦才好，但實在沒有時間煩惱了。說不定梨香會被他們抓走，所以我馬上就趕到這裡，為的就是要保護她。不過……」

「剛剛那兩個人，也是為了保護梨香來的？」

「沒錯。」

因為一時掉以輕心，就陷入了無法動彈的窘境。

「那兩個人都是聽從松木的指示嗎？」

純也問。

「是啊。」

「為什麼松木先生要這麼做？」

「他知道自己的女兒非常煩惱。」

他就像剛剛忘了一樣，現在才突然想到從胸前口袋拿出香菸，點上火。他把窗戶稍微打開一點。風聲作響，三栖先生也稍微提高了音量，說道：

「他大概是想，解決的方法只有自己踏上死路了吧。」

原來啊，原來這麼想的人是他。

並非三栖先生決心赴死，而是松木先生。

「那個看過影片的同派系組長，應該會在今天的會談裡，指名道姓地彈劾松木吧。質問他這麼好康的事情，為什麼放著不管？而且女兒不是還跟這件事有關係嗎？接著，馬上就會叫他儘快去跟片岡交涉。這件事情，是松木事前無論怎麼防、怎麼準備都無法避免的。而他，如果在那個情況之下拒絕了，說他絕對不碰毒品的話，你們覺得他的下場會是怎樣？」

「會被做掉嗎？」

「可以說就是這個意思。他就會被拿來當砲灰。」

「叫他去殺某個人嗎？」

「沒錯。」他吐了一口煙。

「既然你這麼說的話，那你也沒用處了。反正賺不了錢，你就為這個組而死吧，現在就去把敵對組長的頭給我取下來，為了擴大地盤，你就去牢裡蹲著吧。上頭的人應該會這麼對他說吧。甚至可能當場就會把手槍交給他。如果他能夠去吃牢飯，倒算是好的了。當然啦，要去殺人結果反而被殺的可能性也很高，或者應該說，幾乎都會演變成這種情況吧。」

「那麼，為了避免這樣的事情發生……」

「就只有我出面了。」三栖先生說。

「梨香拍到的畫面內容，能夠讓這事不了了之的人，就只有警察了。只要把片岡抓起來，那整件事就會付諸流水。如果放我走，事情就會變成這樣。可是，這麼一來就救不了梨香。當然，也有我為了不讓梨香跟這些事情扯上關係，不逮捕片岡的可能性。而這時，我該做的事情……」

「就是闖進那個會談裡？」

我這麼一說，他點點頭。

「你說得沒錯。如果警察闖了進去，他們也無可奈何。當然，所謂的會談，就會變成普通的餐會。而警察也不可能因為這樣就逮捕人。只是，有我在那邊盯著，他們也不能怎樣，整件事情也絕對會不了了之。松木也是，雖然他的立場可能會變得為難，但至少可以維持現狀。這就是為什麼他要把我監禁起來。」

三栖先生的臉都皺了起來，一直注意手錶。

因為，他很擔心松木先生。

「等一下你自己進去，真的沒問題嗎？要不要聯絡警察，或是甲賀小姐，請求支援？」

他不屑地笑了一聲。

「你把我當成誰啦？我可是三栖良太郎耶。」

他滿臉笑容，接著對坐在駕駛座的純也說：

「在前面轉彎處放我下車，剩下的就交給我。」

「咦？這裡是反方向耶。」

「帶著你們，你覺得我是有辦法從正面進去嗎？有路可以從後面走，我等一下就走那。」

「然後……」他看著我們，拍拍我的肩膀。

「剩下的就等回店裡之後再說吧。抱歉，梨香和甲賀就拜託啦。」

「我知道。」

三栖先生轉向後面。
「梨香。」
她抬起頭來。
「妳可千萬別忘了，妳有這麼一個為妳擔心的朋友喔。」
他說完，露出溫柔的微笑。
伸出手摸摸梨香的頭。似乎是從以前就時常這麼做。
車子停了下來。這裡是長有茂盛樹木的公園旁小巷。三栖先生打開車門，準備下車。
「三栖先生！」
他下了車，回過頭來。
「真的沒問題嗎？」
我這麼一問，從他這次的笑容看來，似乎是覺得這問題很可笑。
「我啊，可是已經決定好，直到丹下太太死為止，都要一直吃她那番茄肉醬義大利麵。」
他這麼說完，輕輕揮了手，身影就消失在公園裡。

## 十二

沒事的。

不需要擔心。

他一定會回來的。

「都是我害的。」梨香不斷哭泣著重複說道，回到了我的店裡。我也考慮過就直接在三栖先生下車的地方等他，但是在附近有一大票黑道的地方待命，如果又牽扯上什麼麻煩事，害得步美和梨香有什麼三長兩短，那我怎麼對得起大家？

我的咖啡廳附近就有租車行的營業所，我們還了車，從那裡搭計程車回去。路上沒有人開口講話。畢竟，這是個無法在外人面前談論的話題。就連一句「原來如此」之類的閒聊都沒有。

三栖先生踏進的，是幾十個黑社會成員聚集的地方。

就連是天不怕地不怕，又能幹架的純也，也自言自語說太可怕了，這種事情他辦不到。當然，我也是。光是想像就不由得發抖。如果已經下定決心赴死，或許還辦得到，但是我從來沒有做過這樣的心理準備。

〈因水管工程，今日公休〉

店外的營業紙罩燈上貼著一張公告。原來如此，今天的理由是水管工程啊。這麼說來，最近有時候排水孔會有臭味飄上來，所以之前也跟丹下太太聊過，可能需要打掃一下，或是拆開來檢查了。

接著走進店裡，我嚇了一跳。

裡面竟然真的在做水管施工。不過好像也不是，就是有幾個穿著工作服的人，在吧台另一邊的水槽進行作業。

史提夫・汪達（Stevie Wonder）的輕快歌聲，以相當大的音量播放著。

坐在窗邊座位的丹下太太站起身來。甲賀小姐也跟她坐在一起。雖然現在時間已經超過一點，但她還在店裡等。另外，橋爪先生和片岡則是坐在最裡面的座位。片岡看到梨香的瞬間，本來想站起來，但卻被橋爪先生壓下肩膀，又坐了回去。

「啊！你回來啦，阿大。」

「這是在做什麼啊？」

我指著吧台的方向問，丹下太太則是一臉笑咪咪的。

「只是乾等也很煩躁啊，既然都難得公休了，就順便請人來打掃了。馬上就好了。」

「原來是這樣呀。」

她大概也是顧慮到大家的感受吧。

非常擔心三栖先生的甲賀小姐、本來話就少的橋爪先生，還有形式上以罪犯身分被抓來的片岡。這種情況之下，就算聊天也提不起勁，反而只會愈來愈沉重。不過啊，我想也是因為丹下太太自己受不了這種氣氛吧。

丹下太太看了一下在梨香身旁攙扶著的步美，對著她微笑。

「妳回來啦，步美。」

「我回來了。」

步美臉上，稍微露出一點笑容。

「妳是梨香吧？」

梨香看著丹下太太，點了頭。

「是，我就是。」

丹下太太露出滿臉的笑容。

「我等妳很久囉。妳的肚子應該也餓了吧？就快要打掃完了，等等就吃一下我們店裡的番茄肉醬義大利麵吧。」

處理水管的人回去了。聽說排水管有些問題，最好改天再仔細檢查過比較好。

一般來講，梨香現在應該沒有什麼食慾才對。在房間裡的那段時間，她到底是如何度過的，這個我並不清楚，但我想應該比這裡現在的氣氛還要沉重許多。

只是，三栖先生都說沒事了，我想她應該不至於沒睡或是都沒吃飯吧。實際看來，梨香雖然看起來很疲累，但是臉色倒是沒有非常差。剛剛她雖然全身靠著步美，但還是能夠好好自己走路。

關於這一點，甲賀小姐也一樣。她那麼擔心三栖先生，應該沒有心情吃飯吧。還有片岡也是，不知道自己接下來的下場會是如何，胃大概也是痛得不得了。

而這就是為什麼店裡的番茄肉醬，會被稱為魔法番茄肉醬了。

丹下太太把鍋子放上瓦斯爐，開始加熱番茄肉醬，當香味開始瀰漫在店裡時，肚子也餓了起來。無論當下肚子有多飽，有多麼沒食欲，身體有多不舒服，都還是會覺得想吃。

店裡流洩出山姆・庫克（Sam Cooke）的歌聲，伴隨著番茄肉醬的香氣。因為難得有這樣的機會，希望大家可以一塊吃，於是丹下太太煮了所有人的份。
她將事先煮好的義大利麵，放到已經放入無鹽奶油的平底鍋中。為了避免炒過頭，她不斷翻著平底鍋，快速加熱。而這段時間，鍋子裡的番茄肉醬已經咕嚕咕嚕滾到冒泡了。
在已經以水溫熱過的白色麵盤中，丹下太太依每個人的體格，盛裝了適當分量的義大利麵。而我則是用杓子，淋上徹底燉煮、發出濃醇光澤的番茄肉醬。
沒有其他擺盤和配菜，單純，且至今未變的簡樸番茄肉醬義大利麵。
「來吧，大家快端去吃吧。」
畢竟大家坐在一起吃太尷尬了，所以步美、甲賀小姐和梨香坐在吧台。橋爪先生、純也和片岡坐在最裡頭的座位。而我和丹下太太當然就坐在吧台裡。
黑助喵地一聲，像是在說：「我也要吃。」接著就跳到對牠最好的步美腿上。
梨香吃了一口，表情突然變了。
「好好吃喔。」
她小聲地對著旁邊的步美說。梨香的表情變得柔和了許多。而步美則是笑著回她：「我就說吧。」
沒錯，無論發生什麼事情，只要吃到熱騰騰又美味的食物，就能打起精神。
人就是要這樣活下去。

＊

咖啡的香氣飄盪。移到桌位坐的甲賀小姐、步美和梨香，丹下太太把杯子放到她們每一個人面前，自己也坐在那裡，微笑著說：「休息一下。」我則是在吧台裡，將播放山姆・庫克的音量，稍微轉小一點。

這時候，已經將近下午兩點了。我還沒接到三栖先生的電話，他也還沒回來。最了解整件事情經過的人，可能就是梨香了，但是要她來說明這一切，我認為太過殘忍，所以到目前為止發生的事情，是由我來向甲賀小姐說明。雖然我也考量到這些事讓犯下罪行的片岡聽到是否恰當，但在這種情況之下也別無他法。畢竟，我也不可能不等三栖先生的判斷，就將他放走。況且片岡也表現出乖乖聽話的樣子，他也說了，等刑警一來，他就會自首。

甲賀小姐聽到三栖先生平安無事，完全鬆了口氣。感覺她臉頰的血色，也稍微恢復了一些。因為擔心三栖先生獨自闖入黑道的會談，甲賀小姐抿起嘴唇，點點頭說：

「我想一定沒事的。就像我之前說過的，三栖警部是個一定會先留好後路的人。」

她露出確信他一定會回來的神色。因此，大家也稍微放心了一些。

「可是啊。」

坐在裡頭座位的純也說。

「因為三栖先生沒有把事情詳細說清楚，所以我們還是有很多地方搞不懂，當中最大的謎團就是簡訊了吧。就是傳到甲賀小姐手機裡，那兩封寫給阿大哥的簡訊。我們當初說是松木傳的，但是松木是打算一死了之的吧？既然這樣……」

「他就應該不會傳簡訊給甲賀小姐，你意思是這樣嗎？」

丹下太太說。的確如此。

「因為很明顯地，那個簡訊就是要我們去救三栖先生啊。」

純也稍微瞄了梨香一眼。梨香正讓步美把黑助放到她腿上，露出了笑容。看來她很喜歡貓。

梨香一邊撫摸著黑助，抬起頭來說：

「那個……」

她有些遲疑地開口。

「簡訊，是我傳的。」

「咦？」

坐在她身旁的步美很是驚訝。黑助也納悶發生什麼事，看著步美。當然，大家都很震驚。

「是妳傳的？」

她點點頭。我完全沒有想到這一點，完全是個盲點啊。原來是梨香傳的。

「咦？可是……」

純也說。

「梨香應該不知道阿大哥的事情吧。」

這時候，步美看著純也說：

「她知道。」

「真的嗎？」

「阿大哥的事情，我跟梨香提過了很多次。包括住在一起的三栖先生，還有他是刑警的事情，我都跟她說過。」

梨香點點頭。

步美看著梨香。

「但是。」

「她卻沒有告訴我，她本來就認識三栖先生。」

梨香一臉愧疚地低下頭來。

「對不起，步美。」

接著，她看著我。

「我從步美那邊聽說了阿大哥的事情，所以也知道三栖先生就住在這裡。我知道你們兩人的關係，就像是好朋友一樣。但是，我沒有辦法對步美說出口。」

她咬著嘴唇，低頭看著下方。所以她打從一開始就都知道了，知道自己父親的好友三栖先生，跟我也是朋友。

但是，這件事情她並沒有告訴步美。一直隱瞞著。

「因為妳不想讓步美知道妳父親，也就是松木先生的事情吧？」

她點點頭。她的雙眼裡，再度打轉著淚水。明明梨香和步美是好朋友，在學校也經常相處在一塊，但是她從來不打算到這家店裡來，或許原因就是出在這裡吧。

「我都沒有發現原來是這樣。」

步美咬著嘴唇。

「其實我有提過，也好幾次都約她一起來店裡。但是，梨香每次都說，等哪天我和阿大哥真的在一起之後，她再來好好笑我們一番。所以叫我要加油。」

步美稍微臉紅地說。接著，她小聲地對梨香說：「對不起。」而梨香也一樣一邊掉淚，一邊道歉。她們的手交疊握在一起，看著彼此。

「所以，淳平的事情也跟梨香說了？」

步美一臉抱歉的表情。

「對。我告訴她，這間店以前就只是普通的住家，當時你們大家住在一起，但淳平哥現在是劇團的演員，你們的感情很好。」

這種事情的確會跟好朋友說。這一點，我沒辦法責怪她。雖然我自己說這種話很怪，但畢竟這裡是她最喜歡的人所開的店。對她而言，這裡就是她最喜歡的地方，而我，就是當初救了她一命的救命恩人。

把這些事情告訴自己最好的朋友，以女生來講，也沒什麼好奇怪的。

我跟步美提過很多次淳平他們的事情。自己喜歡的人的好友，而且淳平還是劇團演員，雖然不紅但也算是藝人了，所以她會告訴梨香是很正常的。

「可是……」

純也說。

「不好意思喔，梨香。我現在要問的事，可能會讓妳很難受。因為妳的關係，妳爸爸都做好了赴死的心理準備，也害得三栖先生被監禁起來，對吧？這些事情，妳應該都知道吧？」

她點點頭。

「但是，因為房裡的那兩個人在，所以妳才沒有辦法阻止他們？妳應該有試著阻止這些事情發生吧？」

梨香堅定地看著純也。

「我試過了。但是那兩個人是聽我爸爸的命令動作，所以不讓我做任何事。但是，我看得出來，那兩個人很難過，很痛苦。可是又是我爸爸下的指示，非得這麼做不可，但這麼下去，我爸爸可能就會死掉，他們也不希望我爸死。也想要趕快放走三栖先生，可是他們也無能為力。他們的臉上，就是寫著這樣的想法。而我……」

她流下了眼淚。

「我都知道他們心裡在想什麼。所以我想，我只能盡力去做我做得到的事。」

「所以才用三栖先生的手機，傳簡訊給甲賀小姐？」

「是的。」

這個時候，坐在同一張桌邊的甲賀小姐，帶著溫柔微笑對梨香說：

「為什麼是傳給我？妳也聽說過我的事嗎？」

梨香輕輕搖頭。

「從傳簡訊的位址上，看得出來妳是警察，所以我想請妳轉達給阿大哥知道，但是在我全部打完之前，就被那兩個人發現了，所以才慌張地傳送出去。」

「所以才會是那樣的內容啊？」

純也拍了一下手說。

「才會只打了〈給阿大〉。」

原來如此。

「那第二則簡訊呢?那則簡訊內容也很奇怪，但至少還算是完整的句子。」

純也這麼一問，梨香搖搖頭說：

「那個不是我打的。是那個男人看了我打的簡訊後，想了一會兒。後來，他就自己打起簡訊，然後把手機拿給我。他雖然什麼話都沒說，但是他的眼神就是叫我把簡訊傳出去，所以，那則簡訊是我傳的。」

「是那個穿牛仔褲的男人嗎?」

「對。」

我和純也對視。那兩個人是松木先生的心腹，而且是三栖先生說很有實力的男人。

「可能他也有從松木先生那裡聽過我的事情吧。又或者因為我是三栖先生的房東，所以他事先已經調查過我了。」

「是啊。而且他們也不是完全把梨香監禁起來吧?」

純也一問，梨香點點頭。

「當然，他們是來監控我，避免我做出一些奇怪的事。不過，由我來說這種話可能有點怪，但他們監控我的方式，有時候又會放得比較鬆。感覺起來，像是他們希望我能夠想辦法救我爸爸。」

「原來如此。」

橋爪先生也點點頭。

「那兩個人在屋子裡這段時間，就在遵守老大命令，和認為只有三栖先生能夠救自己老大之間，不斷糾結嗎？」

「是啊。」

「那圖書館的借閱證呢？」

「喔，對！」梨香又點點頭。

「那是我拿的。因為他們叫我過去看看，但是，又叫我絕對不能講話。所以……」

「妳才自己決定要拿出借閱證？」

「沒錯。」

簡訊上所寫的人都親自來了，但是又不可能引起騷動。為了讓他了解情況，所以就要讓他知道片岡的事情，所以才拿出借閱證。

「原來是這樣呀。」

「那麼……」

純也說。

「松木他，啊，抱歉，妳父親松木先生會到這裡來，又是為什麼呢？既然他自己都做好赴死的準備了，還特地來讓我們來採取行動，這也很奇怪。」

「這件事……」

應該只能問松木先生才會知道了吧。

「但是，有沒有機會能夠問到他，這倒是個問題呢。」

丹下太太一臉嚴肅，小聲地這麼說。大家也都低著頭，但當中橋爪先生開口了。

「或許只是單純來見阿大先生也說不定。」

「來見我？」

大家都看著橋爪先生。他抿了抿嘴唇，說道：

「松木先生應該不知道梨香傳簡訊的事情吧。所以，雖然他做好赴死的打算，但在那之前，可能會想來見一見三栖先生，這個他唯一的好友現在同住，而且非常信賴的男人吧。」

「這是？」

純也問。

「他可能心想著：剩下的就拜託你了，三栖先生也麻煩你了。是這個意思嗎？」

橋爪先生點點頭。

「至少，如果我是松木先生的話，我應該會想來看。那個好友，而且是讓自己賭上人生的夥伴，現在所交到的新朋友。」

我嘆了氣。

大家都是抱持著各自的煩惱，一面像是在走高空鋼索般，反覆來去。儘管那條鋼索有交疊之處，但也會因為彼此各分東西，而無法碰頭。就這樣，時光不斷流逝。

就在此時。

哐啷。門上的鈴鐺響了。

大家一起看往門的方向。那裡，站著身穿西裝的三栖先生。

「三栖先生！」

大家都開口叫他，站起了身。三栖先生臉上帶著些許的苦笑，像是什麼事情都沒發生，只是來吃頓午餐的感覺，輕輕抬起手來打個招呼。

「大家都到齊了啊。讓你們等很久了吧？」

甲賀小姐站了起來。她壓抑著自己的情緒，抿起嘴唇，往前走了一、兩步。三栖先生也走進店裡來，他們倆在吧台邊。

「甲賀。」

「是。」

「抱歉，讓妳擔心了。」

三栖先生對她這麼說。甲賀小姐的眼眶濕潤，輕輕搖著頭。

「不會，只要你沒事就好。」

她又抿起嘴唇，拚了命克制住快要哭出來的衝動。如果現在只有他們兩人，無論怎麼想，三栖先生應該都會溫柔地抱住她，但偏偏現在大家全都在場。

純也在後頭一臉興奮，在甲賀小姐的身後，對著三栖先生做出（上啊！）的動作。我和丹下太太都拚了命地忍笑。而三栖先生則是一臉嚴肅地瞪著純也。

如果這種情況被別人看到了，三栖先生大概會非常沒面子吧。從他的表情，我猜他現在應該背後大冒冷汗。

「妳請假了嗎？」

「因為突然發燒，所以下午請假了。」

「這樣啊。」

他稍微咳了幾聲，清清嗓。

「帶給妳這麼多麻煩，改天再好好補償妳。總之……」

三栖先生將手輕輕放在甲賀小姐的肩膀上。

「我只是因為臥底調查，所以這段時間不在。而請半天假的妳，也只是剛好身體不舒服而已。聽說有一個刑警闖進了黑道的餐會，但那也只是空穴來風。我並沒有去那裡。妳就這樣交代就好。」

甲賀小姐稍微按著眼角，露出微笑。

「我了解了。」

接著，三栖先生往梨香的方向看。

「梨香。」

「是。」

三栖先生稍微吐了口氣，露出溫柔的微笑。

「妳爸爸他沒事。」

梨香又一副快哭的表情。步美摟著她的肩膀。

「雖然事情可能會變得很複雜，但是妳這輩子都不會跟那個世界有瓜葛，一切都跟妳無關。妳不需要什麼事情都知道。接下來，妳跟妳爸爸之間，可能還會發生很多事情，無論發生了什麼，妳只要好好跟媽媽聊一聊就沒事了。再來……」

他環顧整個店裡後，看著我。

「阿大。」

「嗯。」

「除了在場的人之外，還有沒有我需要道歉的人啊？」

我稍微想了一下，對他說：

「梨香的媽媽，七尾美知子小姐吧。」

「哇！」三栖先生苦笑著說：

「你有去找她啊？」

「跟她慢慢聊了很多。身為同行，也聊到做生意的艱辛啊。」

「看來交到不錯的朋友，那就好。我晚一點再打電話給她。其他還有嗎？」

「其他喔，是不需要到道歉啦，但我想你還是打個電話給你前妻由子小姐會比較好。」

「由子？」三栖先生睜大了眼。

「你跟她說了什麼？」

我試著忍住笑意，三栖先生馬上露出驚慌的表情。

「有什麼好笑的？」

「我打電話跟她說，三栖先生要和甲賀小姐結婚，所以請她告訴我你有哪些朋友。」

三栖先生張大了嘴，甲賀小姐也驚訝地差點跳起來。對了，這件事還沒跟甲賀小姐說呢。三栖先生先是合上嘴，接著閉上眼睛，搖搖頭說：

「我大概可以理解你為什麼要說這種謊，但是你要問我有什麼朋友，跟朋友的關係怎樣，難道沒有別的方法了嗎？」

「我們也是拚死拚活在想辦法呀。突然搞失蹤的人，可是你耶。這是你自作自受。我看，你要嘛就去跟前妻打馬虎眼唬弄過去，不然就乾脆舉行婚禮吧。」

純也已經笑了出來，而且連橋爪先生也忍俊不禁，低下頭，肩膀不斷顫抖。

三栖先生看著甲賀小姐。

甲賀小姐臉都紅了。

「甲賀。」

「是。」

「總之，可以拜託妳先把梨香送到她媽媽的店裡去嗎？詳細情況我會再打電話跟她說。然後，妳今天也就先回去吧。既然要裝病，那就好好待在家裡休息吧。」

「我知道了。」

「然後……」三栖先生一副難以啟齒似地皺著臉。

「至於其他的謊言，我們明天再談吧。」

外頭的紙罩燈也關了。

黑助輕盈地跳上吧台，趴在上頭。像是在問：「現在都結束了嗎？」

「都結束了喔。」

我這麼對牠說，牠也喵了一聲回應。

*

三栖先生將片岡帶回警局。

聽說會當成是自首來辦理。他被帶到店裡來之後，雖然安分認命，但是也不可能對他所做的事情，睜一隻眼閉一隻眼。犯罪，就是犯罪。

他還是個大學生，一想到他的未來，還有不知道身處何方的父母親，就感到痛心。不過，這是我無能為力的事情。

但至少，我還能祈禱片岡未來能夠像橋爪先生一樣，更生回到這個社會，並且被接納。將來，如果他重新做人，也希望他能夠來店裡喝杯咖啡。

只是，還是得設想到最糟的情況，為了避免過了幾年之後，他去找梨香或步美做什麼壞事，還是得好好看著他才行。不過，這部分應該可以交給三栖先生或甲賀小姐。

一想到梨香心中的創傷，我只能嘆息。三栖先生說，這是家務事，所以只能靠家人之間來解決。當然，因為他也跟這件事情扯上關係，所以到時候會再慢慢跟梨香談談。

步美也跟丹下太太一起回去了。

今天晚上她一樣住在丹下太太那裡，聽說明天她會去梨香媽媽那找梨香。她還說，如果梨香已經恢復，就會一起去學校上課。我覺得這樣很好。能夠回到平常的生活，是再好不過。而她媽媽美知子小姐，我到時候也要再過去打個招呼才行。

我向橋爪先生道歉，很抱歉給他帶來這麼多麻煩，他微微笑著說這沒什麼。還說，如果之後還有什麼事情，要隨時告訴他，當然，之後也會跟往常一樣偶爾到店裡來走走。他帶著微笑說道，身為有同樣經歷的過來人，如果今後有什麼跟片岡有關的事，他會多加留意的。

我泡了杯自己要喝的咖啡。

放了片湯姆・威茲的CD，沙啞的嗓音唱著。

三栖先生說他今天也累了，把片岡交到警局後就會回來，所以我想他應該就快到了。而先回家一趟的純也，為了聽詳情，也一定會再來店裡。

「嗯……」

又恢復到和平常一樣的夜晚。

夜晚，一如往常。

店門打開了，哐啷，鈴鐺聲響起。

三栖先生走了進來。

「你回來啦。」

坐在吧台高腳椅上的純也，將椅子轉了一圈，轉到三栖先生的方向對著他說道。三栖先生則是苦笑著點頭。

「我回來了。」

「辛苦了。」

我這麼一說，他邊點頭邊吐著氣，坐到了純也旁邊。

「那就喝杯咖啡，好嗎？」

「拜託你了。」

他點上一根菸，吐出煙霧。轉頭看向店裡。

「大家都平安回去了嗎？」

我點點頭。

「大家都回到各自該去的地方了。」

「這樣呀。」他點點頭。

「你應該很累了吧？畢竟都上了年紀了。」

純也這樣調侃，三栖先生倒是老實地點頭說：

「雖然我很想說我還年輕得很，但真的就像你說的。我現在只想倒床就睡。」

「你記得偶爾也要打掃一下房間啊！」

身為房東，還是希望他能夠把家裡維持得乾乾淨淨。

「放心啦，阿大哥。不久後，就會有新的老婆來了啊。」

大家都笑了。我把咖啡倒進杯子裡，放到三栖先生的面前。

「真是的。」
他嘆口氣，拿起咖啡杯，喝了口咖啡。
「沒想到給你們添麻煩了。」
「不過，很久沒發生這麼有意思的事了。」
純也笑著說。
「讓你覺得那麼有意思，我可是很傷腦筋啊。」
他苦笑著，吐出一口白煙。湯姆・威茲的〈Waltzing Matilda〉從喇叭傳來。
「嗯，不過這都是我自己種下的因、造成的果。幸好讓你還玩得開心。」
白煙飄渺。
「剛剛因為梨香在，所以我不敢問。」
「嗯？」
「後來，松木先生沒事吧？」
三栖先生微微搖頭。
「那我就不知道了。不過，我都闖進去了，片岡也被我抓了，那件事情就此無疾而終。他也可以繼續當他的組長。」
「但是，情況應該很糟吧？難道沒有被拿著槍枝威脅嗎？」
純也問。
「沒那麼蠢啦！那種會談，黑道的人自己也很清楚，因為名目上就只是〈餐會〉，所以不可能只因為一個刑警闖進來，就把他圍起來打，如果這麼做，他們才難辭其咎呢。以他們立場來看，也不會想到有刑警會自己跑過去。」

「喔，原來如此。」

「那應該跟松木先生見到面了吧？」

他點點頭。

「不過，在那場合之下，應該沒辦法打招呼吧。」

「招呼當然打啦。因為我就是去那裡威脅松木的啊。」

「威脅？」

「原來啊！」純也拍了吧台一下。

「畢竟被發現你們倆感情很好就糟了吧。所以三栖先生可能就衝上去說：『喂！那個叫片岡的學生已經被我抓了，應該跟你這傢伙無關吧！』然後繼續演戲說：如果有的話，我就把你送去吃牢飯。」

「沒錯。我們兩個在那裡把桌子都給掀了，大鬧了一場呢。」

這麼一來，就能救松木先生。其他組長也有面子。

「就是這麼一回事。只是，他什麼時候會死在哪裡，其實都不令人意外，這一點還是沒變。因為本來做交易就是這樣。而我能做的，就是趕快把他銬上手銬，送到監獄裡。雖然就算我這麼做，也不見得就一定會順利落幕。」

他又嘆了口氣。白煙飄散。

「刑警這個職業，就像一直在藍調的樂聲中漂流一樣。」

自己的好友什麼時候會死，他無從得知。而且還可能是自己親手害死的。這種日子，三栖先生就這樣過了二十年。

他們之間究竟發生了什麼，又經過了些什麼，才會就此分道揚鑣？這件事還沒跟他確認。不過，我想那也不是我們該問的問題。

「但是啊。」

純也說。

「無論是松木先生或是三栖先生，都在這樣危險的處境下冒險，也已經二十年了吧？那也要非常狗屎運，或者應該說你們倆的人生，本身就充滿著僥倖嗎？就算死神來接你們，可能還會被你們嚇得夾著尾巴逃跑吧？」

我們三人都笑了。

「也許真的是這樣吧。」

「你說得沒錯。」

「而且啊，你看看。」

純也抱起睡在吧台上的黑助一邊說。黑助雖然發出不太高興的聲音，但還是乖乖讓他抱著。

「還有甲賀小姐這麼好的人在等著他，三栖先生怎麼死得了嘛。」

三栖先生馬上擺出一張臭臉。

「真是的，都是你們把事情愈搞愈複雜了。」

「但是，你們在交往吧？」

純也繼續追問。三栖先生吐了口煙，看向天花板，一副不關他的事。

「再怎樣，阿大都會比我早啦。」

竟然把話題推到我身上來了！

「步美還是學生耶。」

「誰管她還是不是學生啊，你也趕快墜入愛河，跟步美結婚，讓我們也聽聽幸福的華爾茲吧。」

*

當時說了這些話的三栖先生在隔年的春天再婚，讓我們聽到了幸福的華爾茲。

因為大家都很忙，所以三栖先生再婚，只在教堂舉行了簡單的儀式，也只請了熟識的親友參加，但是，丹下太太可沒辦法接受這樣的婚禮。

「不要叫我做這麼丟臉的事啦！」對於抵死不從的三栖先生，丹下太太不僅斥責，還說服他在〈弓島咖啡〉的中庭裡，舉辦了只有店裡熟人參加的小派對。

三栖先生說他不要再穿第二次禮服，所以就隨他去了，倒是替甲賀小姐準備了件白色、可愛的修長婚紗。甲賀小姐看起來真的很美，步美和梨香都興奮地紅著臉，看到出神。

丹下太太的心情就像是三栖先生的母親，因為自己那沒出息的兒子總算找到了春天，哭得不成人形，這也讓三栖先生很緊張。就算是他，也抵擋不了丹下太太的眼淚吧，眼眶泛淚地向她道謝。對她說，往後還想繼續吃到美味的番茄肉醬，所以要她一直都健健康康。
純也當然有來，另外還有香世也抱著小孩來參加，十足的媽媽樣。
還有好久不見的和泉和真紀。雖然他們倆都說廣告業景氣變差了，很無奈，但看來他們依然過得很好。
莉田先生雖然坐著輪椅，但還是能夠出席，這讓大家都很開心。另外，誠人、小菅，還有成了小菅太太的毬藻小姐也來參加了。步美被許久未見的恩師誇獎變漂亮，還害羞了起來呢。
三栖先生的前妻由子小姐，因為有事無法前來，但是也準備了封信和一束花請兒子宏太帶過來。雖然是已經分開的家人，但之間的關係依舊很好，絲毫未變。聽說宏太長大想要當警察，三栖先生實在不知道是好還是壞，只好一臉苦笑。
不僅跟三栖先生認識，現在還常常跟橋爪先生碰面的吉村先生也來了。他還對我說：人生裡值得恭賀的事情是愈多愈好，所以你也趕快結婚吧。
當然也少不了美知子小姐，她特地關了店門來參加。還跟三栖先生說：「第二次婚禮我是來了啦，但如果有第三次，我可不會再來囉，所以這次你可要好好維持啊！」惹得大家都笑了。
至於松木先生，他沒有出現。
只是，收到了一大束很漂亮的花，上頭沒有署名。
那束花後來製成了乾燥花，現在仍擺在三栖先生的房裡。

本作品純屬虛構，故事中之角色、團體機構、店名等，與實際存在者無關。

（編輯部）

**【著者簡介】**

## 小路幸也

1961年出生於北海道。自廣告製作公司離職後，開始投入寫作工作，於2003年獲頒講談社「梅菲斯特獎（Mephisto Prize）」後正式進入文壇。2006年因《東京下町古書店》而備受矚目，該系列更是成為大家庭內容小說的經典作品。執筆撰寫的小說，力求透過推理、青春小說、音樂、電影以及運動等，引起各個世代讀者群廣泛的共鳴。主要作品有：《Coffee blues：弓島咖啡事件簿》（台灣東販出版）、《Mourning（暫譯）》、《東京下町古書店All you need is love（暫譯）》、《所有上帝的十月（暫譯）》等。

小路幸也官方網站
http://www.solas-solaz.org/sakka-run/

弓島咖啡事件簿2 ——警部失蹤

# Bittersweet Waltz

2015年7月1日初版第一刷發行

著　　者　小路幸也
譯　　者　王靖惠
編　　輯　曾羽辰
美術編輯　黃盈捷
發 行 人　齋木祥行
發 行 所　台灣東販股份有限公司
＜地址＞台北市南京東路4段130號2F-1
＜電話＞(02)2577-8878
＜傳真＞(02)2577-8896
＜網址＞www.tohan.com.tw
郵撥帳號　1405049-4
新聞局登記字號　局版臺業字第4680號
法律顧問　蕭雄淋律師
總 經 銷　聯合發行股份有限公司
＜電話＞(02)2917-8022
香港總代理　萬里機構出版有限公司
＜電話＞2564-7511
＜傳真＞2565-5539

Printed in Taiwan


國家圖書館出版品預行編目資料

Bittersweet Waltz：弓島咖啡事件簿. 2, 警部失蹤 / 小路幸也著；王靖惠譯. -- 初版. -- 臺北市：臺灣東販, 2015.07
面；　公分

ISBN 978-986-331-759-3 (平裝)

861.57　　104009351